Fábrica De Demônios

Gabriel Santana

No Princípio, O Começo

"É mais fácil lidar com uma má consciência do que com uma má reputação".

Maquiavel

A primeira vez que pisei numa fábrica foi aos quinze anos de idade. A empresa se chamava Alca Alumínio S/A, uma gigante do setor. Basicamente, a empresa comprava bauxita de Poços de Caldas, processava até o metal sair da terra vermelha e vendia a preço de, bem, alumínio. O trampo, evidentemente, era sujo, pesado, e salobre, mas não para mim. Eu não era funcionário direto da empresa, mas um pequeno terceiro conhecido carinhosamente como Pracinha. Entrei na Alca através de uma associação humanitária chamada AEFH: Associação Educacional do Futuro Homem, ou, simplesmente, Pracinha, como éramos conhecidos, uma alusão aos Pracinhas da segunda guerra, já que nosso uniforme, era na verdade, uma farda. Não uma farda militar, mas ainda assim uma farda: camisa azul clara, uma calça azul marinho parecida com as que guardas municipais usam no dia a dia e um coturno, esse sim militar. Ah, e o bibi, o maldito bibi que mal cabia em nossas cabeças.

A Pracinha era bancada pela Loja Maçônica da cidade, e funcionava justamente no prédio da maçonaria. Era um edifício pomposo, com pilares jônicos, ou dóricos na fachada, uma escadaria que mais lembrava a entrada de uma acrópole ornamentada com símbolos maçônicos por todo o prédio. Havia uma sala de aula com mesas e cadeiras com pequenas placas de ativo fixo com a marca do esquadro e do compasso, um refeitório que servia refeições deliciosas fornecidas pela maior empresa da cidade, a Madetex, cujo dono era um famosíssimo político corrupto adido da Arena. Havia ainda uma sala de datilografia, vários banheiros, uma quadra de futebol de salão, e, evidentemente, a sala de reunião dos maçons, que era estritamente proibida.

O ano era 1993, e o sistema da Pracinha funcionava assim: uma empresa precisava de um auxiliar administrativo. Ao invés de ir no mercado e contratar um funcionário com registro em carteira e pagar o salário que o mercado determinava, ela contratava um Pracinha a preço de banana. O Pracinha recebia oitenta por cento de um salário mínimo, e o os outros vinte por cento, iam para a Associação. Enquanto o Pracinha não era alocado, ficava estudando as matérias fundamentais do ensino básico com uma professora da AEFH, o que não excluía o fato da obrigatoriedade da matrícula escolar. Todo Pracinha precisava estar matriculado numa escola, do contrário, era automaticamente excluído da Associação.

Os Pracinhas ainda não alocados eram chamados de internos. Havia Pracinhas espalhados por toda cidade. Contratar um Pracinha era um excelente negócio. Em tempo, contratar não era bem o termo correto, mas que outro termo utilizar? Os Pracinhas eram colaboradores como quaisquer outros. Cumpriam a mesma jornada, tinham suas responsabilidades, levavam enrabada, sofriam descontos por faltas e atrasos, multa por não utilização do uniforme, controle rígido da frequência escolar e das notas. Tudo isso sem um contrato de trabalho formal, sem o registro em carteira que lhes asseguravam os direitos básicos de qualquer trabalhador. Com o agravante de serem crianças, ainda entrando na puberdade.

Fui interno por dezesseis dias apenas na Pracinha. Já em minha terceira semana de interno, cinco de nós fomos fazer entrevista na Alca, e apenas eu fui contratado, para minha sorte, com o intermédio do meu irmão Lauro, que era encarregado de produção em uma das três usinas da fábrica, e que era noivo da Márcia Torquato, responsável pelo recrutamento.

A Alca era a única empresa da cidade que pagava o salário mínimo integral para os seus Pracinhas. Os vinte por cento da Associação eram repassados à parte. Era um privilégio ser Pracinha da Alca. O salário era importante, mas a Alca era a empresa mais respeitada da cidade, mais até que a Madetex. Na Alca, os funcionários consolidavam uma carreira e passavam anos e mais anos sem o risco do facão, ganhando bem, com transporte próprio, uma refeição apetitosa, bons convênios familiares, além de um ambiente de trabalho amistoso e agradável. Seu único defeito era o que mais arruinava o sonho de todo Pracinha: a Alca não efetivava Pracinhas. Quando um Pracinha completava dezoito anos, ele era automaticamente desligado da Associação. Não sendo mais vinculado a Associação, perdia o seu emprego, e tinha que tocar sua vida. A maioria das empresas que contratava Pracinhas abraçava-os ao atingirem a maioridade, dando a eles uma oportunidade de emprego formal, com um registro em carteira. Mas a Alca não. Ao completar dezoito anos, os Pracinhas da Alca recebiam um "obrigado" e até nunca mais.

Minha função na Alca, era, basicamente, coçar o saco. Eu era Pracinha da Sandrinha, um filet mignon de um metro e setenta, vinte e dois anos, cabelos negros levemente encaracolados até a base da coluna, seios firmes e proeminentes, um rabo acentuado e redondinho que certamente acelerou minha puberdade em uns três anos. Eu, simplesmente, sentava-me à uma mesa gigantesca de madeira atrás da mesa dela. A Sandrinha era Analista do departamento Fiscal, e eu, seu auxiliar. Enquanto ela trabalhava, eu a observava, sempre com uma ereção pronta a explodir. Vez ou outra ela me pedia para fazer uma coisinha ou outra sem sentido, como conferir se a quantidade descrita na nota fiscal vezes o valor unitário do produto era igual ao valor total da nota, como se os valores não fossem calculados automaticamente pelos terminais onde as notas eram feitas. Quando acontecia alguma cagada, eu digitava uma carta de correção, numa máquina de datilografar elétrica, que emitia um som similar a uma metralhadora disparando. Vez ou outra levava uns documentos para tirar "um xerox", passar um fax, ou mandar um telex a seu pedido. Sandrinha povoou meus sonhos eróticos por anos, com suas roupas coladas ao corpo, seus lábios carnudos pintados de vermelho, suas coxas torneadas e seu salto alto que parecia preparar seu belo bumbum para uma aterrisagem tranquila até meu colo. Universitária, Sandrinha era adepta de uma boa leitura no horário de refeição, quando não precisava estudar para suas provas chatas de contabilidade. Para saciar o meu tédio, eu embarcava em sua onda e ficava lendo por horas seus livros durante o expediente. Sua leitura preferida era o então cult Paulo Coelho. O Alquimista, Brida, As Valquírias. Algo na literatura singular de Coelho chamava atenção de Sandrinha. Talvez a bruxaria. Talvez eu devesse lançar um feitiço que me fizesse comê-la, pensava. Ou então emprestar-lhe minha varinha mágica para que ela a fizesse, digamos, desaparecer.

No xerox, havia um Pracinha soturno chamado Claudemir, o Pancada. Pancada era o responsável pelas cópias, pelo fax e pelo telex. Tudo o que ele fazia era anotado, para que ninguém se utilizasse desses recursos em benefício próprio, como copiar livros e apostilas da faculdade, por exemplo. E era óbvio que, para a Sandrinha, ele copiava. O Pancada era roqueiro, fã de bandas que eu nem tinha ouvido falar, como Venom, Napalm Death, Garotos Podres e ainda do maluco beleza, Raul Seixas. Raul Seixas eu conhecia, suas músicas tocavam nas rádios com uma certa frequência, era parceiro do Paulo Coelho em um dos discos mais famosos do rock nacional. O Pancada me forneceu algumas fitas cassetes do Raul. Com o tempo, passei a curtir Raul, passei a curtir rock´n roll, passei a gostar de ler, comprei meu primeiro violão, enquanto o Pancada juntava dinheiro para uma bateria usada.

Conforme Sandrinha avançava no curso, seu requinte pela literatura também mudava. Ela passou a ler Hemingway, Shakespeare, Freud, Marx, Maquiavel, Fernando Pessoa e principalmente, Nietzsche. Eu quase não entendia o que estava se passando naquela cabecinha e naquelas páginas, mas lia junto, no embalo, por ócio. Era difícil, no meu mais inocente machismo juvenil, resquício de criação, entender como Sandrinha, gostosa daquele jeito, conseguia ser tão inteligente. Eu só tive noção da sua inteligência quando fiquei sabendo o que era uma universidade estadual. Sandrinha era aluna da Unicamp, universidade gratuita, extremamente difícil de entrar. Além das matérias obrigatórias e da quantidade de livros do seu curso que ela tinha que devorar, ela ainda encontrava tempo para ler, por pura diversão, Filosofia, Psicologia, Poesia e até Bruxaria.

Certa feita, Sandrinha trouxe um álbum de fotografias da universidade. Por incrível que pareça, suas amigas universitárias conseguiam ser ainda mais gostosas do que ela. Pancada, que também tinha visto o álbum, imediatamente teve a mesma ideia que eu: ao terminarmos o segundo grau, iríamos, a qualquer custo, entrar na porra da Unicamp. Só para comer mulher. E o curso, seria Filosofia, que de acordo com a Sandrinha, era o de menor procura, aumentando assim as chances de dois imbecis que só conseguiam completar uma prova à base da cola, passar pelo assustador vestibular.

O escritório da Alca ficava num prédio quadrado, distante pelo menos um quilômetro da fétida fábrica. Ao se entrar pela portaria, seguia-se quinhentos metros por uma rua de mão dupla calçada por paralelepípedos. No final, havia uma bifurcação. Um pequeno aclive à direita, de uns cem metros, levava até o prédio de tijolos à vista, com uma enorme porta de vidro opaco dupla com um adesivo vermelho escrito "empurre" para quem entrava e "puxe" para quem saia. A recepção era o primeiro ambiente, onde Dalva, a telefonista, instruía os visitantes, enquanto, freneticamente, seus dedos pipocavam por dezenas de botões piscantes no aparelho que transferia as ligações recebidas e ou pedidas. Saindo da recepção acre, com um carpete, uma pequena mesa de vidro de um metro, quadrado, na altura do joelho, com várias revistas usadas e um quadro enorme com a vista da empresa de cima fixado na parece, encontrava-se o rol de entrada. Nesse rol, à direita, ficava o xerox, onde o Pancada trabalhava. No final do corredor, à esquerda, era o rol onde ficava a mesa da vendedora, Marcia Marton, do faturista, um veadinho chamado Eduardo Bonati e do gorducho Maurício Ferrari, da controladoria. À direita, ficavam salas ou gabinetes, dependendo dos cargos. Havia a sala de custos, de mais um gordão chamado Jeferson Crucielo, a sala do Gerente Industrial, um baiano chamado Augusto Souza e Silva, e a sala do Genaro Grego, gerente de vendas. No final desse corredor, também à esquerda, ficava a Engenharia e o Processos, onde os primeiros computadores começavam timidamente a fazer parte da paisagem, junto com enormes pranchetas verdes de desenho técnico.

Completando o escritório, na próxima curva a esquerda, ficava o departamento fiscal, onde Sandrinha e eu trabalhávamos e a mesa do comprador, um playboy filho do prefeito da cidade, chamado Ricardo Donateli. Do lado direito de nossas mesas, do outro lado do corredor, haviam duas outras salas: a do Rh, onde trabalhava uma galera, a do nosso gerente, o Ruy Garaveli, cujo sobrenome dava nome a uma rua da cidade e, por último, na direção da minha mesa, uma copa, onde uma tia, dona Zélia, que ganhava cinco vezes mais do que eu preparava o café.

A mesa da frente, da Sandrinha, ficava na esquina que levava ao rol inicial, que levava de novo para a recepção, fechando o quadrado. A fábrica ficava à esquerda da bifurcação, uns duzentos metros depois da portaria principal. Havia uma segunda portaria, onde os caminhoneiros eram atendidos. Ali, eles eram orientados quanto ao seu destino: almoxarifado, carga, descarga, expedição, manutenção, prestação de serviços etc. Havia ainda um banco Bradesco, com dois caixas que prestavam serviços exclusivos para os funcionários. Na portaria da fábrica havia uma pequena sala, com um terminal, um XP novíssimo e uma impressora barulhenta. Ali era dada a entrada na nota fiscal, impresso o ARM (aviso de recebimento de materiais), assinado o canhoto da nota fiscal e recebimento da própria nota fiscal. Quem trabalhava ali era o Abutre, um Pracinha. Uma das minhas tarefas era tirar o rabo da cadeira e descer até a portaria da fábrica para recolher as notas fiscais que o Abutre lançava no Lotus 123 todo final de tarde.

Pancada e eu precisávamos de um baixista para montar a nossa banda, a Pátria Megera. Pancada era o autor intelectual do conceito da banda, mas as letras das músicas ficaram ao meu encargo. O Abutre era preto, gostava de blues, sabia tocar um pouco de violão, mas nós o convencemos a comprar um baixo, com a promessa de que faríamos sucesso. Abutre era muito musical. Vinha de uma família de músicos, ainda que de sambistas. Tinha dezesseis anos, era dois anos mais velho que Pancada e Eu. A formação inicial seria Pancada: bateria. Abutre: baixo. Luciano: guitarra e voz.

Os meses foram passando, minha rotina não se alterava. Nossos ensaios ocorriam na casa do Abutre, já que seu pai matinha seu próprio local de ensaio para seu grupo de pagode. Sua mãe, sacoleira, viajava de tempos em tempos para o Paraguai e trouxe para ele de presente um pequeno gravador preto, pesado, que acionava com ruído. A ideia era gravarmos nossas ideias para compor. Como letrista, fiquei com o gravador, que cabia na palma da mão, levando-o para todos os lugares para onde ia.

Para um garoto como eu, um salário mínimo era um bom dinheiro. Minha mãe recebia pensão pela morte de meu pai, quando eu ainda era um bebê. Meu irmão mais velho estava muito bem empregado, estabilizado na Alca, estudando Engenharia de Produção. Havia se mudado há pouco tempo de casa, após um casamento muito bem planejado, como tudo em sua vida. Assim, sobrava uma boa grana no meu bolso todo mês. Comecei a frequentar academia, fiquei sarado, comecei a deixar o cabelo crescer, fiz uma tatuagem, uma tribal, que estava na moda e que por sinal, era o único modismo permitido entre os integrantes da banda. Uma tatoo. Nossas músicas pregavam contra a moda, contra a política, contra a religião e, sobretudo, contra o capitalismo.

Sandrinha nos influenciava cada vez mais com seu papo cabeça e com suas eclodidas ideias revolucionárias. Ela nos abastecia com conteúdo, e nós retribuíamos com cópias ilegais e sexo imaginário. Com o tempo, Sandrinha foi mudando drasticamente. Trancou seu curso de contabilidade no quarto semestre. Disse que queria mudar para História, Filosofia, ou Ciências Sociais. Cortou seu cabelão cheiroso, fez um Chanel sem graça, colocou um par de óculos do tamanho do meu pau no rosto, passou a usar jeans rasgado e camisetas monocromáticas com o símbolo da anarquia pintado à sabia-se lá o quê. Tinta spray, talvez. Seu salto de quinze centímetros foi substituído por um all star fuleiro. Seu precioso rabo desaparecera naquelas calças compridas largas. Havia boatos espalhados de que ela, repentinamente, passara a gostar da mesma fruta que eu gostava. E mesmo com tanto esforço para se parecer feia e dura, Sandrinha era um amor de pessoa. Seu chanelzinho meia-boca com o tempo despertou ainda mais minhas fantasias, e sua beleza, ainda que debaixo daqueles trapos, era de fazer chorar.

As influências do rock de protesto e o pouco que eu entendia dos livros que eu lia naquela época me fizeram gostar de odiar a política. Para mim, todos os políticos eram corruptos, porque o sistema assim os tornara. Ainda assim, pouco me lembrava a ponto de tecer algo sobre o governo da época, o governo Itamar. Lembro-me da transição da moeda, do URV para o Real. Lembro-me que com uma URV eu conseguia tomar duas cervejas. Com um Real, passei a tomar apenas uma. Sim, de fato, já aos quinze anos comecei a encharcar algumas. Afinal de contas, meus heróis haviam morrido de overdose e meus inimigos estavam no poder. Isso até receber o "Crepúsculo dos Ídolos" do Nietzsche das mãos da Sandrinha e abandonar também os heróis.

O governo Itamar foi um governo, para dizer o mínimo, pitoresco. Lembro-me do retorno do fusquinha, uma tentativa desesperada de reaquecer a indústria automobilística. Lembro-me de uma modelo gostosa aparecendo ao seu lado num camarote durante o carnaval carioca, sem as roupas íntimas, com tudo à mostra. Os brasileiros tentavam a todo custo enxergar em Itamar, uma figura pacata e até sossegada demais, um alento após o acidentado impedimento do playboy Collor. Fernandinho, veadinho, havia sido a aposta fracassada da mídia que saíra pela porta dos fundos após um voo de galinha pelo planalto. Itamar, mineiro come-quieto, apostou suas fichas num grande intelectual de esquerda, Fernando Henrique Cardoso, que ao assumir, logo atribuíram-lhe a história frase "esqueçam tudo que eu escrevi", no sentido de que suas convicções de esquerda estariam fadadas ao esquecimento, de que engataríamos definitivamente uma quinta marcha ao conservadorismo, ou pior, ao neoliberalismo thatcheriano que quase levou o reino unido à bancarrota, de acordo com o meu pensamento à época.

Fernando Henrique Cardoso surfou na onda da popularidade alta do presidente Itamar, estabilizou a moeda enquanto ministro e foi eleito, principalmente porque o Brasil ganhara a copa três meses antes de sua eleição, no ano de 1994. Ou talvez porque o seu adversário fosse

Lula, que perdera a eleição passada para Collor por ter tentado imputar-lhe a alcunha de "caçador de maracujá", era feio, barbudo, bebum e desleixado, líder operário de um partido honesto, com pretensões ideológicas inocentes, como calotes em bancos, reforma agrária, redução de jornada de trabalho e o escambau.

O fato é que FHC privatizou até a própria alma. Em três anos de mandato, oitenta empresas foram entregues aos capitalistas que usavam cartolas e fumavam charutos acesos com cédulas de dólar, numa tentativa desesperada de impedir o endividamento do estado, e isso veio de encontro com as convicções de Sandrinha, e por tabela, das minhas. Enquanto isso, escândalos de corrupção pipocavam na imprensa, o governo abafava CPI's, grupos de esquerda pediam o impeachment de FHC, a polícia federal se recusava a investigar o presidente. A inocência tamanha da esquerda brasileira em pedir o impedimento de um presidente recém empossado logo após seu interino assumir de um impichado só não era maior que a inocência do próprio povo, que no findado ano de 1993, através de um plebiscito, escolheu manter um sistema presidencialista representativo corrupto como o nosso, em detrimento da monarquia e do parlamentarismo. Este sim, ao meu ver, menos pior, na ausência do modelo utópico que eu ansiava. FHC, que falava várias línguas, era bem articulado, representava o Brasil das elites, o Brasil que a burguesia queria que o mundo visse, um Brasil de poucos.

Nós Pracinhas recebíamos vale transporte, ou o "passe" para tomarmos o busão e irmos trabalhar. Como a Alca ficava a apenas meia hora de casa, eu ia a pé e vendia o tal passe para outros Pracinhas, ou estudantes, trabalhadores e até usuários comuns. O comércio de passes era comum naquela época. Podia-se vender passes facilmente no ponto de ônibus até para estranhos, já que o passe era necessário para se tomar qualquer ônibus na cidade. O dinheiro da venda dos passes me rendia uma boa economia. Com alguma grana no bolso, um corpo adolescente moldado pela precária academia do bairro, uma tribal escondida no ombro direito e uma juba semelhante à do ex-presidente Itamar, um jovem como eu fazia sucesso com as modelos sem calcinha da cidade. Uma pena que eram tão poucas. Itamar me ensinou a comer quieto, a gostar de carros clássicos e de modelos nuas, a manter a moeda estável no bolso o máximo possível e, principalmente, a ser topetudo.

Quando o Abutre alcançou a maioridade em 1995, foi convidado a desligar-se da Pracinha e, por consequência, da Alca. E pior: foi convocado para o serviço militar obrigatório. Com isso, nossa banda teve que dar um tempo nos ensaios. A sala do Abutre foi herdada por mim, porque o Pancada era pancada demais para tamanha responsabilidade de digitar os dados corretos de uma nota fiscal, assinar um canhoto e imprimir o ARM. Eu, que já me sentia o máximo por ser peixe da mulher mais gostosa e inteligente do mundo, fiquei ainda mais arrogante. Como observava o bigodudo que passara a pautar minhas ações aos dezesseis anos, *desaprende-se a arrogância quando se tem a certeza de estar entre pessoas de mérito; estar só produz a arrogância. Os jovens são arrogantes porque frequentam seus semelhantes que, todos eles, não sendo nada, gostam de fazer-se passar por muita coisa.* Sozinho, eu era arrogante. Competente, e por isso arrogante. Assíduo, mas arrogante. Em meu novo gabinete, meu XP velho foi substituído por um 386 zerado. Minha EPSON LX-300 barulhenta foi trocada por uma HP à jato de tinta tinindo. Deixei o Lotus 123 de lado, passei a usar o Quattro PRO. Meu 386 também viera com um bônus inesperado: o word, ferramenta que não estava instalada no XP e que me faria, a partir dali, escrever, ao invés de apenas ler. Ganhei um ar condicionado para o verão, e um aquecedor para o inverno. Uma tia vinha frequentemente limpar "minha sala".

O jornal "notícias populares" era assinado pelo chefe dos guardas, o Elias, um senhor de bigodes, perto de sessenta anos, gente boa, que após sua leitura diária, deixava em cima da minha mesa, mesmo seu eu não estivesse lá.

O trampo na segunda portaria, a portaria da fábrica, fez com que eu tivesse mais contato com os trabalhadores braçais. Eu mantinha um pé no escritório, o outro no chão de fábrica.

A maioria dos trabalhadores do chão de fábrica era composta por operários simples de formação, em sua maioria negros, nordestinos e paranaenses radicados na cidade. Diferente da administração, quase não se via descendentes de italianos no chão de fábrica, com exceção dos supervisores e dos encarregados, eletricistas e mecânicos que perpetuavam a profissão do pai pelo Senai que também era funcionário, um ou outro perdido que havia engravidado a namorada e que precisava, desesperadamente, de um trampo. Meu irmão Lauro sempre insistiu para que eu fizesse Senai. Recusava-me, de prontidão. Meu negócio era estudar humanas, demasiadamente humanas. Sempre fui péssimo em cálculo, sempre detestei números, apesar da Filosofia ter me transmitido o fascínio pela ideia da matemática. Ainda assim, fascínio era pouco para estudar mecânica, física, elétrica, física, matemática, física. Era preciso mais do que o talento necessário para exatas, que eu não tinha. Era preciso saco. O excesso de leitura me tornara um analfabeto para as equações. E isso, sem dúvida, não era nada bom para quem esperava ganhar a vida dentro de uma fábrica. Meu irmão Lauro, pensando nisso, decidiu me matricular num curso de Inglês, pagando-o integralmente, colocando-me contra a parede, já que aprender línguas era "coisa de intelectual". Não tive como recusar. No final das contas, acabei gostando. Notei que tinha talento para a coisa, e imaginei que um dia aquilo poderia ser útil, caso decidisse abandonar o barco Brasil.

Numa sexta-feira de pagamento, pedi para que o Pancada me substituísse por alguns minutos, porque precisava levar algumas notas e solicitar alguns mimos pra Sandrinha, o que era bem comum no meu dia a dia. Quando o Pancada não estava em seu perpétuo xerox, qualquer um entrava e tirava as cópias necessárias, anotando assim, quem tivesse boa vontade, a quantidade no apontamento do Pancada. Já a portaria da fábrica não podia ficar sem ninguém. Quando eu precisava sair, alguém tinha que ficar no meu lugar. Do contrário, alguma reclamação chegava, alguma merda acontecia. Pancada, no meu lugar, assinava os canhotos e segurava as notas fiscais para que eu desse entrada depois. Não fazia o meu trabalho, mas era melhor do que ninguém. Fiquei na mesa com a Sandrinha coisa de meia hora. Quando desci, encontrei um Pancada sorumbático, abobalhado, com o rosto pálido, todo mijado.

__O que houve, Pancada? – perguntei sem entender o que havia lhe ocorrido de tão urgente que lhe impedira de ir até o banheiro a cinco metros da sala.

__Lá... lá... lá... – gaguejava Pancada enquanto apontava na direção da portaria principal.

__Lá onde, pancada? – insisti.

__Ladrão.

Um grupo de bandidos havia invadido a fábrica. Numa Parati branca, cinco indivíduos encapuzados haviam adentrado o recinto no intuito de subtrair algo. Um deles ficou na portaria principal, com o guarda, conhecido como "Seu Guarda". O outro, na portaria da fábrica, na minha sala, com uma "doze" apontada para a cabeça do Pancada, que se mijara. Os outros foram até o banco, renderam os funcionários do Bradesco e levaram uma quantia significativa em espécie. A notícia caiu como bomba no escritório. Dalva, a telefonista, desmaiou quando Seu Guarda ligou, assim que os bandidos saíram, para avisar e pedir uma ligação para a PM, e teve que ser atendida pelo enfermeiro de plantão, o Arnaldo Maestrini, que abriu um vidro de álcool 92% e, encharcando um pano da copa, suavemente aplicou em suas narinas, fazendo-a despertar.

A PM veio, interrogou o Seu Guarda, interrogou o Pancada, os funcionários do banco e mais alguns trabalhadores que viram a Parati, mas ninguém havia anotado a placa. Algumas horas depois, soubemos que a Parati havia sido encontrada, vazia, abandonada há poucos quilômetros na saída para a cidade vizinha.

O Episódio fez com que a empresa terceirizasse o serviço de vigilância, mais com medo de indenizar a família de um funcionário que possuía seguro de vida do que por medo do próprio assalto em si. Seu Guarda foi aposentado, o banco, reforçado com alarme e um guarda de plantão. Pancada, não aguentando a vergonha, saiu da Pracinha. A tragédia não voltou a se repetir, e mesmo assim se tornou uma farsa, com o tempo. Como todas as tragédias no Brasil, acabou virando piada, entrando para o folclore do chão de fábrica. O Pracinha da portaria agora era conhecido como mijão. Não o Pancada, mas eu. Nos banheiros espalhados pela fábrica era comum ler rabiscado nas portas, com letras garrafais, "Pracinha Mijão". Não importava se não fora eu o mijão. A alcunha de mijão pegou, e o fardo do Pancada passou para as minhas costas. E como golpe de misericórdia, perdi também o meu posto na mamata que era a portaria da fábrica para um guarda terceirizado. Fui deslocado para o xerox, no lugar do Pancada.

Em 1996, ano em que completaria dezoito anos, eu já estava de saco cheio do xerox, de saco cheio de acordar cedo, da rotina sem sentido, da fétida farda azul de Pracinha (tínhamos apenas duas para a semana inteira), do Brasil, pobre e corrupto, do mundo, do universo, infinito e indiferente as nossas mazelas. Numa despretensiosa manhã de segunda-feira, quando descia eu pela calçada quilométrica que fazia parte do meu caminho até a portaria, já de longe, ouvi um som alto de voz ao microfone, intercalado por alguma espécie de música sertaneja. A música diminuía, a voz falava. A voz calava, a música aumentava. Quando cheguei perto, um caminhão Ford vermelho bloqueava a entrada da empresa. Havia enormes caixas de som sobre a F4000, onde um grupo de sindicalistas do sindicato dos metalúrgicos ostentava uma enorme faixa da cabine à carroceria, com os dizeres em vermelho vivo "Estamos em Greve". Havia centenas de pessoas naquela portaria. Uns perdidos, outros se agitando, alguns gritando palavras de ordem. Um grupo aproveitou para assar uma carne, comprar algumas latinhas de cerveja e aproveitar a festa. Não havia supervisores, encarregados, ninguém que me fosse comum ali. Apenas o pessoal do chão de fábrica, um ou outro rosto que vez em quando aparecia para fazer interface com o administrativo, nada mais. Senti-me deslocado. Dali mesmo, virei as costas e voltei embora, ao primeiro resmungo de "ninguém entra". Fui para casa. Naquela época, não tínhamos telefone. Uma linha de telefone fixo custava o preço de um carro popular. Chegando em casa, minha mãe mostrou-se preocupada, e exigiu que eu ligasse para o meu irmão, Lauro. Ele não estava, evidentemente, nem a Márcia, do Rh. Meu irmão devia ter coisas mais importantes com o que se preocupar do que me alertar sobre como proceder naquela situação. Era só uma greve, eu era apenas um Pracinha. No final do ano seria desligado da Associação. Relaxei. Fui para a academia no final da tarde e à noite fui para escola, como de costume. Estava no último ano do segundo grau, aquela chatice sem fim. Quando cheguei da escola, minha mãe me esperava sentada no sofá.

__A Márcia veio aqui. Disse que é para você ir amanhã na Associação Comercial, que o pessoal do escritório vai estar todo lá – disse, já com cara de sono.

__E o Lauro? – Perguntei.

__O Lauro está na fábrica desde domingo quando soube que ia estourar a greve – concluiu.

Fiquei me perguntando onde ele estaria dormindo, já que não havia dormitórios, colchões e camas na fábrica. Fui dormir. De manhã, repeti o meu ritual diurno, mecanicamente. Pus o coturno desconfortável, a farda malcheirosa e segui minha caminhada, mas dessa vez rumo ao ponto de ônibus. A associação comercial ficava no centro da cidade, e uma jornada por mais de uma hora com aquele coturno a pé, iria me custar algumas bolhas. O busão passou em frente a empresa, e o movimento de greve continuava, desta vez com menos funcionários na portaria. Ainda assim, o número era expressivo, uma centena pelo menos. Desci do busão uns duzentos metros da Associação Comercial. Era um local discreto, parecia mais uma casa de família de classe média. Uma garagem espaçosa, com um pequeno gramado na entrada, uma estrutura em concreto fincada no gramado que dava na altura da canela com o nome ACISA em itálico. Lá dentro havia um movimento de pessoas no salão principal. Era o administrativo da Alca em peso, mas parecia uma confraternização Ítalo Brasileira. A primeira que veio ao meu encontro foi a Márcia.

__Ainda bem que você chegou, o ônibus já está quase chegando, a gente já vai – disse num tom eufórico.

__Já vai pra onde? – perguntei inocentemente.

__A gente vai entrar – respondeu.

Mal deu tempo de falar com ela direito, e outras pessoas vinham abordá-la. O pessoal do Rh era o mais rodeado, o mais questionado e mais requisitado. Dava pra sentir a tensão no ar. Aquelas pessoas bebendo café e fumando freneticamente, andando de um lado para o outro, tentando resolver a mais difícil das equações de suas vidas: como entrar numa fábrica ocupada por centenas de trabalhadores braçais oprimidos sem serem linchadas.

O veadinho Eduardo Bonati parecia o mais nervoso. Já havia fumado um maço de cigarros, consumido meia garrafa de café. Ricardo Donateli, o playboy, queixava-se de não ter sido avisado no domingo, para que pudesse ter entrado junto com os demais. Alguém da Engenharia anunciara que apenas funcionários com cargo de chefia haviam sido avisados. No meio daquele caos, comecei a ficar tenso também. Faltava algo que me tranquilizasse, que garantisse minha arrogância, meu topete e meu peito estufado pela maromba: Sandrinha não estava ali.

Quando o ônibus estacionou em frente ao local, meu coração quase saiu pela boca. Era uma lata velha, faltando vidros, todo amassado, arranhado, com os bancos caindo. Parecia a armadura velha de um guerreiro medieval, cansada das batalhas, indo para a sua derradeira, ao encontro do inevitável fim.

A empresa de ônibus, quando soube da finalidade daquele fretamento, mandou o que tinha de pior. De certo esperava que a sucata fosse apedrejada, levasse pontapés, socos e pauladas. A telefonista Dalva desmaiou, pra variar. Marcia Marton, a vendedora, começou a chorar em soluços. Edu, o baitola, caiu em prantos abraçado a ela. Um a um, fomos estrando no busão, como se fossemos para Auschwitz. O motorista também estava nervoso, falava alto, pra compensar o barulho do ônibus que ficara ligado o tempo todo. Quando o busão começou a andar, o silêncio imperou entre os presentes. Apenas o ruído da lata batendo a cada lombada e no acidentado paralelepípedo. Era o folego que se tomava antes do mergulho final em direção ao nosso destino. Lá estávamos nós, abatidos, amedrontados, tentando defender nossos empregos. Quarenta chorões e um mijão iam para o abate, de encontro a centenas de furiosos peões acostumados anos a fio a quebrar enormes blocos de minerais à marretada. Suas terrivelmente grossas mãos calejadas pela picareta contra nossas delicadas mãos moldadas à caneta bic e hidratante monange. Finalmente, o busão fez a derradeira curva, que dava de frente para a rua que levava à portaria da empresa. Nesse momento, houve pânico generalizado. Uma gritaria irracional tomou conta da enorme lata de sardinhas. Uns queriam descer, uns batiam contra o vidro, de terror, para que o motorista desse meia-volta. Senti um forte cheiro de urina que achei, num primeiro momento, que vinha das minhas calças. Meu coração disparado, quase parou, mas era apenas o Ricardo playboy que havia se mijado. Levantei de um pulo, tentando me esquivar. A dignidade havia se dissipado dali. Seria difícil um olhar para a cara do outro na segunda-feira, ou fosse lá quando tudo aquilo terminasse. Foi o único pensamento que me ocorreu, além do terror por saber que ia ser espancado.

Quando o ônibus chegou perto da portaria, o esperado: um grupo de grevistas fechou a entrada. Curiosos começaram a aglomerar e à medida que reconheciam os ocupantes, a cercar o ônibus. O Motorista, que tinha ordens para entrar, tentou acelerar e quase atropelou um dos manifestantes. De repente, a confusão começou. Senti o primeiro pontapé na lataria, de um negão de quase dois metros de altura que trabalhava na usina onde meu irmão Lauro era chefe. Outros começaram a chacoalhar o ônibus de um lado para o outro. Os gritos de "fura greve" do lado de fora se misturavam aos prantos dentro daquela sucata quente e apertada.

Um estalo alto e assustador chamou a atenção de todos: uma pedra atingiu a lataria embaixo de onde eu estava sentado, escondido. Outas pedras começaram a atingir o teto, os vidros e todo o ônibus, que mais parecia um barco de pesca perdido em meio a uma furiosa tormenta em alto mar. Estilhaços de vidro pipocavam para dentro de ônibus, atingindo-nos. Fechei os olhos, comecei a rezar um Pai Nosso, para o Deus que eu não acreditava. Olhei para o lado, Ricardo playboy havia desmaiado, mijado. Ficamos naquela situação uns cinco eternos minutos, até que a polícia chegou, atirando para o alto. A multidão, furiosa, se dispersava sob protestos, correndo para todos os lados. O motorista, apavorado, acelerou o ônibus e finalmente, para nossa sorte ou não, conseguiu invadir a portaria, furando o bloqueio imposto pelos manifestantes. Por um buraco aberto por uma enorme pedra na parte de trás do ônibus, pude notar uma manifestante, de jeans rasgado, camiseta vermelha com a imagem de Che Guevara. Furiosa, Sandrinha mostrava o dedo do meio em riste para o estraçalhado ônibus fura greve que adentrava os domínios da empresa.

Descemos apavorados em frente ao prédio administrativo. Ricardo havia acordado, seu desmaio parecia apenas uma atuação, mas a urina em suas calças era bem real. Eduardo estava sangrando, com ferimentos leves na testa provocados pelos estilhaços. Algumas mulheres continuavam em pranto. Maurício, com sua perpétua barriga de chope, havia virado macho, querendo voltar lá e pegar o cara de camiseta do Corinthians que atirara a primeira pedra. Dentro do prédio, um cheiro horrível que misturava suor, chulé, restos de comida, impregnava todo o ambiente. Os supervisores, encarregados e gerentes estavam todos lá. Com barbas de dois ou três dias, vieram nos receber na recepção.

Jeferson Crucielo estava descalço, segurava uma latinha de skol nas mãos. Meu gerente e da Sandrinha, Ruy Garaveli, estava descabelado, de bermuda e camiseta, parecia levemente alcoolizado. Augusto, o gerente Industrial, fumava seu Plaza enquanto queria saber das novidades. Bastou a Márcia apontar o ônibus para ele mudar de ideia.

__Você viu o Lauro? – perguntou Márcia para Augusto.

__Ele está no chão de fábrica junto com alguns colaboradores tentando tocar alguma coisa – respondeu.

Enquanto prestava atenção na conversa dos dois, senti um leve toque no meu ombro. Virei, era o Ruy.

__Você viu a Sandrinha, Luciano? – perguntou-me o homem hirsuto de um metro e oitenta, aparentando cansaço, cabelos grisalhos descabelados, com hálito forte de cereal podre.

__Não, senhor – respondi.

__Está na portaria agitando greve, Ruy – gritou o barriga de verme do Maurício.

__É verdade. Quase acertou uma pedrada na minha cabeça – completou Eduardo.

__Entendi. O que é dela está guardado – suspirou Ruy com ar de reprovação.

Dei uma volta pelo escritório, que estava uma bagunça. Ninguém estava trabalhando ali. A impressão que dava era que a liderança da empresa só havia furado a greve para estar ali à disposição do Augusto, e não para trabalhar. O que eles poderiam fazer com a fábrica parada? Nenhum deles havia sentido o peso de marreta, havia carregado sacas e mais sacas de minérios nas costas, enfrentado um calor solar em frente aqueles fornos infernais de derreter metal. Estar à disposição, mostrar que se tem compromisso era muito mais importante do que se ter o próprio compromisso. A dignidade perdida, de dormir em colchonetes espalhadas pelo chão, sem banho, sem higiene adequada, comendo pizza e bebendo cerveja quente, não importava. O que importava era estar ali quando o chefe precisasse, mesmo que em toda uma semana, por apenas alguns minutos.

Sai dali, fui ao encontro do meu irmão no chão de fábrica. Abri a porta, desci as escadarias, passei pelo estacionamento dos poucos carros que haviam. O Monza do Augusto e o Escort do Ruy eram os carros mais valiosos, presente da empresa. Passei pela portaria da fábrica, cumprimentei o guarda que agora lia o "Notícias Populares" no meu lugar e segui em frente. Na pequena lagoa, alguns marrecos brincavam de bicar a cabeça um do outro, enquanto alternavam mergulhos com batidas de asas uns sobre os outros. À esquerda, ficava a primeira Usina, a Alo, onde era feito o Alumínio. Meu irmão Lauro comandava aquele barracão gigante e empoeirado com sua fornalha imponente. Passei reto, porque não havia ninguém lá. Se eu seguisse em frente ia parar na estação de tratamento de água e esgoto. Virei à direita, no final do quarteirão. Voltando, dei de cara com o banco, a minha direita, em frente a manutenção, que ficava ao lado do laboratório, do outro lado da rua de paralelepípedo, onde quatro ou cinco nerds de aventais brancos jogavam baralho. Passei reto e logo cheguei ao Almoxarifado, que ia do meio do quarteirão até o final. Dei a volta novamente e voltei pela última rua, onde ficava a Usina Sic, de abrasivos e a Expedição. Ali, senti um cheiro de churrasco. Notei que uma fumaça suspeita subia perto de uma das docas e me dirigi até lá. Quando cheguei, meu irmão Lauro, o Supervisor da expedição, Renatão e mais cinco funcionários devoravam alguns espetinhos assados, numa improvisada churrasqueira com tijolos, acompanhados de uma boa cerveja gelada que tiravam de uma caixa de isopor. Ao contrário do que eu imaginava, eles estavam limpos, barbeados, penteados, apesar de levemente embriagados.

__O que você está fazendo aqui, moleque? – perguntou meu irmão com ar de espanto ao me ver. Expliquei-lhe o ocorrido. Meu irmão ficou furioso ao saber que eu havia me exposto daquela forma. Imediatamente falou um monte de merda pra mim, mas logo tratou de amenizar para o meu lado. Disse que ia ter uma conversinha com a Márcia e com o autor da ideia ridícula de colocar nossas vidas em risco. Depois, mais tranquilo, ofereceu-me um espeto e uma coca.

Fiquei ali na Expedição à tarde inteira, jogando xadrez no computador do Renatão. Às cinco, como de costume, fui embora, apenas dando uma passada pelo escritório para o Ruy saber que eu estava ali. Na portaria, o sossego imperava. Apenas uma dúzia de manifestantes estava de plantão, sendo que desses, apenas um era funcionário da empresa, o sindicalista Adão, que estava com a cabeça abaixada dentro de um Uno branco. O restante era sindicalista profissional, da Cut de São Paulo. Sai sozinho, ouvi um ou outro grito tímido de "fura greve", mas nada demais.

Enquanto saia, o Adão retirou a cabeça da janela do passageiro do Uno, cujo motorista era o Vladimir do RH, que estava entrando. O Vladimir deu um maço de algo nas mãos do Adão, que mais pareciam ser cédulas. Ao me aproximar, notei o banco de trás do carro carregado com caixas de cerveja, água, refrigerante, carne, pão, no meio de outras coisas que eu não pude identificar. Dentro da portaria, uma câmera de vídeo JVC registrava tudo o que acontecia do lado de fora. Passei reto e fui embora, orientado pelo meu irmão a só retornar quando ele avisasse, quando a greve terminasse.

E a greve durou uma semana. Começou numa segunda, terminou na outra. Numa terça-feira retomamos as atividades. O clima era tenso, de ressaca. Houve negociações, acordos, um pequeno reajuste salarial. Houve promessas de manutenção dos empregos, de abono pelos dias parados. Um Pracinha como eu não fora devidamente informado sobre os detalhes. Tudo havia sido divulgado no informativo do sindicato, um jornaleco cheio de erros de português, chamado de "O Trombone". Tanto o pessoal do chão de fábrica quanto o pessoal do escritório evitavam ao máximo falar sobre o ocorrido.

À partir dali passou a ser comum eu ouvir, sempre que ia para o chão de fábrica por algum motivo, um grito de "fura greve", e em seguida olhar para trás e não ver ninguém. Num dos banheiros da Usina Sic foi pichado com caneta Pilot "Mijão fura greve". Era mais fácil lidar com uma má consciência do que com uma má reputação. Deveras. Eu poderia aguentar o fato de ter molhado as calças num assalto, se fosse o caso, e ninguém soubesse do ocorrido. Mas de nada adiantava estar com minha consciência limpa se minha reputação era das piores: um mijão, portanto, um covarde. Um fura greve, portanto, um covarde. Na sexta-feira começaram as demissões. Dezenas e mais dezenas de funcionários que aderiram à greve perderam seus empregos. Dentre essas dezenas, Sandrinha. A demissão da Sandrinha chegou até mim como uma traição. Recebi seu abraço de despedida com lágrimas, e uma sensação de impotência indescritível. Sandrinha havia sido captada pela JVC na portaria, e só não foi demitida com justa causa por força do acordo sindical, uma anistia quase ampla, geral e irrestrita. No final do ano, eu, um idoso de 18 anos, também deixaria a Associação. Deixaria, com o coração partido, os anos bem vividos, de aprendizado e disciplina, a Alca. Uma empresa gigantesca, líder no setor, que emprestou três anos da minha vida em seus domínios, mas que por força da legislação vigente, não me legou nenhum tipo de referências formais para o duro futuro que se aproximava nos anos FHC.

Ao Perdedor, Os Nabos

"Mesmo as leis bem ordenadas são impotentes diante dos costumes".

Maquiavel, meu brother

Em janeiro de 1998, eis que abro a Folha de São Paulo nos editoriais e leio:

"O plenário do Senado aprovou ontem por 51 votos a 23 o projeto que amplia a adoção do contrato de trabalho por prazo determinado, considerado prioritário pelo governo como forma de enfrentar a tendência de aumento do desemprego. Criticado pela oposição por reduzir direitos trabalhistas dos contratados em caráter temporário, o texto vai agora à sanção do presidente Fernando Henrique Cardoso. A tramitação do projeto na Câmara e no Senado durou quase dois anos, apesar de ter obtido o

caráter de urgência. A votação do projeto ganhou maior atenção do governo depois que os juros foram duplicados, em outubro, gerando perspectivas de aumento do desemprego. Ameaças de demissão, como as da Volkswagen em São Paulo, foram interpretadas como os primeiros sintomas da tendência. Com a aprovação do projeto, fica ampliada a utilização do contrato por prazo determinado para qualquer segmento da economia. A CLT (Consolidação das Leis do Trabalho) autoriza esse tipo de contratação apenas para atividades transitórias, como, por exemplo, a construção de um prédio. O projeto reduz os encargos das empresas -os custos caem de 58,4% sobre o salário para 37%. São reduzidas em 50% as alíquotas das contribuições ao chamado sistema S (Sesi, Senai etc.), salário educação, contribuição ao Incra e seguro de acidente de trabalho. Os depósitos mensais do FGTS na conta vinculada do trabalhador também caem de 8% para 2%. No entanto, o texto obriga as empresas a depositarem, em uma conta bancária, recursos para compensar essa redução. A vantagem, nesse caso, é que não incidirá nenhum tributo sobre esses depósitos. Como está previsto

*no projeto, essas reduções de encargos -
incluindo os depósitos do FGTS- só irão durar
por 18 meses após a publicação da lei. É que,
para vencer a resistência dos parlamentares, o
governo delimitou o prazo da lei, dando um
caráter transitório. O ministro Paulo Paiva
(Trabalho) disse à Folha que, após a experiência
inicial, o prazo poderá ser prorrogado. "Se
houver adesão das empresas, com efeitos
positivos, nada impede que ele possa ser
prorrogado", afirmou. Os demais pontos do
projeto são definitivos. O projeto desobriga
também o empresário de pagar ao trabalhador,
ao final do contrato, o aviso prévio e a multa de
40% do saldo do FGTS (Fundo de Garantia do
Tempo de Serviço). O texto aprovado amplia
ainda o período para a compensação das horas
extras, com a criação do banco de horas
quadrimestral. As empresas podem ajustar a
produção durante períodos de queda de
atividade, reduzindo a jornada de trabalho. Essa
redução pode ser compensada mais tarde sem o
pagamento de hora extra. Hoje, caso a
compensação não ocorra em uma semana, o
empresário tem de pagar a hora trabalhada a
mais. Agora, ele poderá definir essa*

compensação após quatro meses. O contrato temporário, segundo o projeto aprovado ontem, só vale para aumentar o número de funcionários da empresa. O texto proíbe a substituição dos atuais contratos por outros com prazo determinado".

A princípio não dei muita importância, evidentemente. Lia os jornais na biblioteca, onde passava grande parte dos meus dias, após uma breve caminhada pela cidade em busca de uma ocupação que me rendesse algum. A grana era curta. Meu irmão Lauro me mandava algum dinheiro, todo mês. Pelo menos o da cerveja não faltava. Também foi a primeira vez que prestei vestibular na minha vida. Prestei para Filosofia, mas fui reprovado. A porcaria do vestibular na Unicamp era por demasiada difícil, como eu imaginava. Praticamente zerei em Física, Química e Matemática. Não entendia por que alguém que queria estudar Filosofia precisava saber sobre Montesquieu. Percebi que ia precisar pagar um cursinho preparatório se quisesse ingressar numa universidade pública. Para pagar um curso, eu precisava trabalhar. Em julho daquele ano, quando estourou o escândalo dos grampos da Telebrás, estatal fatiada pelo governo FHC para várias outras empresas privadas, Márcia recebeu uma ligação me oferecendo uma entrevista de emprego.

Após passar o ano de 1997 inteiro na vagabundagem, sem conseguir um emprego qualquer por causa da maldita fase do quartel, eis que uma tal de Vértice me convida para flertar com uma vaga como "Auxiliar de Montagem". Uma vaga temporária, de três meses, podendo se estender para mais três meses. Um salário de quatrocentos e poucos reais. Uma merreca, mas que já dava para pagar o cursinho e tomar umas. Abracei.

O trampo, em si, era teta: sentar numa bancada ao lado de uma esteira e ir dando continuidade ao processo. Se eu estivesse no final da esteira, pegava a peça semipronta e concluía. Se eu estivesse no começo, iniciava a montagem e colocava na esteira.

A vértice era uma empresa de pequeno porte, uma autopeças com pouco mais de duzentos funcionários. Ficava, curiosamente, na mesma rua da Alca, cerca de dois quilômetros antes, apenas. Era ainda mais próxima da minha casa. Eram dois barracões de cem metros de comprimento por trinta de largura. No primeiro barracão, produzia-se trava elétrica, bomba de água e de gasolina, o interruptor da porta e sensores de combustível. Atrás desse barracão, ficava um barracão menor, com uma pequena estamparia e as manutenções Elétrica e Mecânica. No segundo, fazia-se reservatórios de água e gasolina, além de suas respectivas mangueiras. Ali, além da linha de produção de reservatórios, ficavam máquinas injetoras, as sopradoras e uma jurássica extrusora. Atrás desse barracão, havia ainda dois barracões menores: um para o Almoxarifado e o PCP, outro para a Expedição. O administrativo ficava em dois prédios gêmeos na entrada, à direita, apenas uns vinte metros da portaria. Ali ficava a sala do dono da empresa, O Seu Arnaldo, Compras, Vendas, Contabilidade, Faturamento e Recursos Humanos, no primeiro prédio. No segundo, as áreas técnicas: Engenharia, Laboratório e Controle de Qualidade. Havia ainda uma pequena usinagem destacada do segundo prédio, com duas fresadoras, três tornos mecânicos e uma máquina de Eletroerosão para fazer manutenção nos moldes das Injetoras e Sopradoras.

Os maiores clientes da Vértice eram as maiores montadoras do mundo. A GM, a VW, a Fiat e a Ford. A Toyota, a Hyundai, entre outras montadoras, comprava um ou outro item, o que causava um caos enorme nos setups. A maioria de funcionários do chão de fábrica era de mulheres, moças entre 18 e 30 anos. Eu trabalhava no primeiro barracão, era um dos poucos homens a integrar a equipe.

Nosso encarregado era um cu de burro chamado Célio. Um loiro magricela de 1,70, cabelos crespos e olhos azuis, com a pele do rosto toda marcada pelos resquícios de excesso de espinhas na adolescência. Célio era um filho da puta que comia praticamente todas as mulheres gostosas que contratava com a promessa de efetiva-las. Caso elas se recusassem, ele demitia, rompia o contrato temporário do FHC, ou esperava o contrato vencer e dispensá-las. Essas jovens, com o tempo, foram maliciosamente apelidadas de "marmitas", numa cruel referência ao rango que precisávamos levar todas as manhãs se quiséssemos almoçar na fábrica. No meu caso, ia em casa e voltava, todos os dias, junto com meu colega Ronaldo, o "Urubu", um técnico do laboratório que ganhou esse apelido por andar rondando os "restos" das marmitas do Célio. Uma dessas marmitas, a Carol, eu andei rondando.

Carol era uma morena de 1,65, quase mulata, gostosa, de rabão empinado, rosto fino, quase bicudo, cabelos crespos encaracolados, cheios, de uma boca gigante, capaz de engolir algo grande e roliço como num passe de mágicas, como um engolidor de espadas. Carol se encantou por mim logo de cara. Era uma jovem afável, de vinte e dois anos, acabara de ser efetivada pelo safado do Célio, que havia encontrado em seu dorso, a amante ideal.

Célio era casado, tinha dois filhos, mas fazia questão de experimentar todas as novatas que pudesse. Carol, jovem aberta ao amor, não se importava com sua esposa, com as outras que ele pegava, e também por isso, pegava quem pudesse pela frente.

Eu, réu confesso, ficava longos períodos em sua frente, em suas costas, por cima e por baixo. Célio logo descobriu, através de Flávia, uma baranga que queria ser promovida a líder a qualquer custo, que já tinha um bom tempo de casa e era braço direito do Célio, mas que provavelmente não havia precisado passar pelo seu crivo afetivo, tamanha feiura.

Célio só havia suspeitado das minhas "urubuzadas" sobre Carol alguns dias após a minha efetivação, seis meses após dois contratos temporários. Demitir-me naquele momento seria assinar seu atestado de incompetência perante ao Rh. A vértice não contratava ninguém facilmente, mas também não demitia com facilidade. A solução que Célio encontrou para afastar-me de seu caminho veio através de Lázaro, o lazarento.

Lázaro, o lazarento, era o Técnico responsável pelo Controle de Qualidade da empresa. Passava a maior parte da semana em visitas técnicas pelas montadoras. Com isso, solicitou ao Rh uma ajuda com as auditorias na linha de produção e precisava de alguém que conhecesse o processo minimamente, alguém que topasse ganhar pouco, alguém que fosse relativamente comprometido. Eu não fazia o tipo comprometido, mas o fato é que eu, curiosamente, me adaptara facilmente àquela vida infernal de semiescravidão. Trabalhar numa linha de produção era, basicamente, fazer a mesma coisa durante horas. Aquela porcaria repetitiva libertava minha mente. O som das prensas, do estanho derretendo, das máquinas de solda ultrassom, das esteiras até as vozes, constituíam uma cacofonia bizarra que me deixava numa espécie de transe, e me fazia viajar, o que era ótimo para um pretenso estudante de Humanas. Essa viagem também fazia com que as horas voassem, o que era ótimo para um vagabundo. As horas passavam rápido, porque eu não pensava no que estava fazendo; pensava nas viagens que faria no futuro com minha banda, nas mulheres que pegaria, numa letra que escreveria, num disco que gravaria. E foi nesse exato ponto que a confusão se instaurou: eu era antissocial e não gostava do que estava fazendo. Mas o ignorante do Célio me efetivou imaginando que eu fosse focado e produtivo. Como eu não parava para conversar com quase ninguém, não ficava em rodinhas, e não faltava porque, do contrário, não conseguiria pagar as contas, o corno do Célio decidiu me empurrar de bandeja para Lázaro, o lazarento, afastando-me assim de Carolzinha, sua marmita principal.

De Auxiliar de Produção, galguei o admirável posto de Auxiliar Técnico, já nos primeiros meses de registro em carteira. Lázaro, o lazarento, era um anão magricela viciado em matemática que ria da minha aparência: roto, cabeludo, com uma barba rala e cara de sono. O serviço até que não era ruim. Basicamente, eu tinha que fazer auditoria nas linhas de produção. Pegava uma trava, levava ao laboratório, media o torque, devolvia para a linha. Pegava uma bomba, testava a polaridade, devolvia para a linha. Se achasse alguma peça com defeito, bloqueava aquele lote. Enquanto isso, Lázaro, o lazarento, fazia visita às grandes montadoras, pelo menos três vezes por semana. Com o carro da empresa, Lázaro, o lazarento, passeava o dia inteiro.

Numa ocasião em que estourou um lote de peças com defeito, tive a oportunidade de fazer um retrabalho com ele na Volkswagen. Quando abastecia cinquenta reais no tanque e pedia nota fiscal de sessenta, embolsava dez contos. No almoço, se fartava de um gorduroso rodízio. Se a conta somasse dez reais, Lázaro, o lazarento pedia ao garçom uma nota fiscal de vinte, e embolsava mais dez pilas. Enquanto Lázaro, o lazarento, enriquecia, eu o dia inteiro enrolava ao lado de Urubu, meu colega de bairro e agora companheiro de laboratório.

Minha banda, agora com o nome reduzido apenas para "Megera", já que decidimos ampliar nossa abordagem musical, deixando apenas setenta por cento das letras destinadas para o protesto, havia retomado os ensaios, pois Pancada, então Satanista assumido, havia se mudado com sua família para uma chácara afastada da cidade. Seu pai seria zelador da chácara e ele, seu auxiliar. Lázaro, o lazarento, me inspirou a compor a balada "O Lazarento", que foi faixa principal da nossa primeira demo. Com música de Abutre e letra minha, nossas fitas cassetes venderam como água na vizinhança. Uma dessas fitas, curiosamente, foi parar nas mãos do Aparecido, um retirante recém-chegado a São Paulo filiado ao sindicato dos metalúrgicos. Ele não gostou muito da música, um hardcore meio melódico, mas algo chamou sua atenção na letra, provavelmente a parte que dizia "O lazarento enche a pança com a minha mais-valia". Cidão era torneiro, e me pediu para escrever uma carta de cunho anônimo relatando como era a rotina na linha de produção, a abordagem do encarregado Célio com os funcionários, algo que ele pudesse utilizar no informativo do sindicato. A partir daí passei a delatar, anonimamente, os abusos do sacana, sempre que me era solicitado.

No início do ano de 1999 decidi me matricular em um cursinho pré-vestibular. O cursinho era ministrado no período noturno, como eu precisava, num colégio burguês da cidade, cujo muro estava pichado "enquanto você está lendo isso, tem um japonês estudando". Lá, a burguesia imperava nos moldes mais dramáticos que eu poderia imaginar. Metade dos alunos era composta de estudantes que não pagava o cursinho: eram alunos do colégio no período da manhã que estavam recebendo uma espécie de reforço escolar para poderem suportar as provas que viriam nas grandes universidades públicas.

O cursinho era puxado, como não poderia deixar de ser. Havia um professor para História do Brasil, outro para História Geral. Havia dois professores de Química, dois de Matemática, um para Literatura, um para Gramática, um para Redação. Havia dois de Biologia, Física, e ainda uma especialista nos livros que eram de leitura obrigatória para os grandes vestibulares: a professora Renata, uma delícia formada em Ciências Sociais pela USP. Como quem recebia uma promoção, Camões, Guimarães Rosa e Machado de Assis, figuras que eu nunca havia ouvido falar no ensino público, passaram a figurar no meu repertório, ocupando o lugar do empoeirado Nietzsche.

Meu repertório musical também foi influenciado: cds´s do Pink Floyd, U2 e Irom Maiden substituíram o velho Raul, os discos riscados do Sepultura, os K7s das bandas de protesto que eu conseguia com o Pancada.

A professora Renata foi meu primeiro amor na idade adulta. Ainda que um amor infantil, de aluno para professora, mas era uma paixão ardente, que queimava no peito, que me fazia ver o mundo com otimismo, a dar bom dia aos passarinhos e ajudar os velhinhos a atravessarem a rua, a dar uma nota de dez reais para um mendigo. Renata era linda, educada, gentil, inteligente, gostosa, loira de olhos castanhos, que as vezes parecia verde, dependendo da luz. Era o tipo de mulher simples, que também se esforçava para parecer feia, mas que não conseguia, com seu jeans, suas camisas de banda, seus tênis batidos, seus óculos de leitura, meu tipo de garota. Ouvia "With or without you" todas as manhãs antes de trabalhar pensando nela e dormia ouvindo "Wish you were here", pensando nela. Por sua causa – e numa esperança cega de um dia trombar com ela por aí – o desejo de me tornar um professor, de repente, aflorou em meu peito.

Eu me sentia um jovem iluminado, que havia descoberto nos livros um universo em expansão a ser explorado, e a quantidade de jovens que precisava ser, por mim, desperta, era infinita, graças a professora Renata e seu corpo esculpido durante anos pelo balé clássico.

No trabalho, as ausências intermitentes de Lázaro, o lazarento, me deixavam cada vez mais à vontade para coçar o saco o quanto pudesse. Meu trabalho não era controlado por ninguém. Quando eu pegava um grupo de peças e levava ao laboratório, tinha que medir e anotar em um relatório. O relatório era arquivado. A curva das peças medidas quase não se alterava. Com o tempo, passei a anotar os números inventando-os, sem sequer levar as peças ao laboratório. Com isso, ganhava tempo para estudar mais, ler mais, compor mais. Urubu era um grande colega. Não estava nem aí com o trabalho, pouco se importava com Lázaro, o lazarento, que também pouco se importava com nada. O importante era que os relatórios estivessem preenchidos para que não caíssemos na auditoria da ISO 9000 que a empresa tanto desejava.

Com o tempo, fui me integrando cada vez mais à empresa. Conhecendo mais pessoas, os processos, os produtos e é claro, comendo mais mulheres. Minha paixão platônica pela professora Renata não me impedia de derrubar quantas colegas necessitasse. Com o passar dos meses, meu gosto também foi se sofisticando, e passei a me alimentar de pratos mais sofisticados, como a Patrícia, da Contabilidade, a Marina, de Compras.

Na linha de produção, passava o rodo, o que fez com que Célio quase perdesse os cabelos. Seu tiro de me afastar saíra totalmente pela culatra: quando eu estava entediado, ficava horas em busca de uma peça que estivesse com defeito até encontrar, só para ter o prazer de bloquear o seu lote. Desta forma, eu o fodia, porque ele teria que vir até à fábrica aos sábados – dia de mentir para a esposa que viria trabalhar e sair para comer mulher – para fazer retrabalho. Enquanto ele se fodia retrabalhando peças o dia inteiro, eu fodia uma de suas cabritinhas novatas, com a promessa de que "daria uma força" em sua efetivação.

Numa manhã de segunda-feira, quando vinha caminhando rumo ao trabalho, acompanhado de Urubu, notei um movimento incomum: o sindicato estava em peso barrando todos os funcionários. Havia uma faixa enorme sobre os maciços portões elétricos decretando GREVE. Ninguém entrava. Todos éramos convidados a aderir ao movimento sob pena de xingos, vaias, empurrões e até porrada. Eu, evidentemente, aderi. Estava relendo Marx à época, e mesmo sem ser um simpatizante do peleguismo getulista, me empolguei.

Fiquei extasiado quando Cidão leu trechos da minha efervescente carta ao microfone ligado em uma caminhonete cheia de autofalantes. "Enquanto os companheiros comem marmita requentada, Célio almoça a mulherada que quer ser efetivada", escrevi com propriedade, já que Carolzinha havia me contado das novíssimas investidas infrutíferas do canalha sobre as colegas temporárias que esperavam por uma efetivação.

Mas o ponto alto do piquete ocorreu quando Lázaro, o lazarento, acabou sendo citado como herói da resistência, porque seus pequenos superfaturamentos foram relatados como uma investida contra o sistema opressor. Sua cabeça, evidentemente, fora a prêmio no final daquela semana, junto com a do Célio.

Minha vida melhorou. Sem Lázaro, o lazarento, passei a ser o responsável pela Qualidade dos produtos na Vértice, respondendo diretamente para o Gerente da Qualidade, o Cícero.

Cícero estava em viagem para a China quando todas as mudanças aconteceram, desenvolvendo um motor mais barato para as bombas de água. Os motores utilizados na fábrica eram norte americanos, caros demais. Se ele conseguisse um motor chinês mais barato, significaria uma economia gigantesca para a empresa. Quando ele voltou, relatou entusiasmado de como havia conseguido fechar negócio com os chineses.

Cícero era Engenheiro Elétrico, um nerd de trinta e cinco anos viciado em trabalho. Era o responsável por fazer toda a empresa funcionar, com seu notebook pesado e seus olhos de fundo de garrafa. Quando algum aparelho eletroeletrônico dava problema, ele ia lá com sua pequena lajota, conectava uns cabos aqui e ali, fuçava nos CLP´s e em quinze minutos fazia tudo funcionar novamente.

Trabalhar com o Cícero era desafiador, aprendia-se, caso fosse esse o desejo. Quando lhe falei que cursaria Filosofia, ele riu de mim. Era um cara de pés no chão, com seu pequeno par de sapatos brilhantes, seu cabelo despenteado e sua camisa amassada faltando botões. Se eu tivesse começado a trabalhar com ele desde o início, certamente teria me tornado um funcionário melhor. Mas era tarde demais para mim.

A convivência com figuras como Célio e Lázaro, o lazarento, havia me transformado num vagabundo da pior espécie.

A cada cinco anos o Sindicato fazia eleições para eleger novos representantes, os diretores sindicais. Esses diretores eram funcionários de várias empresas espalhadas pela região, desde que fossem da mesma categoria. A empresa, para defender seus interesses, escolhia um grupo de baba-ovos para representá-la, criando uma chapa que concorria com a chapa dos sindicalistas de oposição.

Cidão eram um desses sindicalistas. Como fosse colaborador anônimo de sindicalistas, ocorreu que Cidão me fez o convite para integrar sua chapa, quem sabe até participar das diversas boquinhas que o sindicato oferecia. Acabei aceitando sua oferta, entrando para o sindicato, compondo sua chapa e ganhando as eleições de cartas marcadas. Era o partido do sindicato contra o partido da empresa, e é claro que a empresa sempre perdia. O partido da empresa, naturalmente, representava o interesse dos patrões. Nós, os cavaleiros alados do moralismo revolucionário, éramos os defensores dos pobres empregados oprimidos.

O caso é que Cidão e eu tornamos a Vértice um lugar melhor para se trabalhar. Eu comia as garotas enquanto elas me contavam tudo o que acontecia no chão de fábrica. Os abusos dos chefes para alcançar as metas, as cantadas inoportunas, o assédio moral para fazer banco de horas, qualquer tipo de informação pertinente que me fizesse produzir um bom texto para o jornaleco que o sindicato distribuía uma vez por mês na portaria da empresa.

Cidão, identificando em mim um valor literário incomum – já que eu sabia como utilizar vírgulas e acentos – acabou me convidando para escrever nesse jornaleco. Assim, ganhei uma coluna chamada "Denúncia do Mês", que visava controlar os abusos dos chefes. Toda vez que o informativo saia, a chefia se borrava de medo de ver seu nome estampado em alguma coluna mensal. A fórmula fez tanto sucesso que Cidão recomendou meu nome para seus amigos do Sindicato dos Metalúrgicos da região, filiado a Cut. Eu recebia denúncias de várias empresas através do Cidão, empresas que eu nem conhecia, com pessoas de quem eu nunca tinha ouvido falar. Com a denúncia em mãos, elaborava um texto escrachando o chefe, sempre em defesa dos colaboradores.

Minha coluna no sindicato dos Metalúrgicos se chamava "Chute no Balde", e já nascera como um enorme sucesso. Meu nome não aparecia, mas eu me sentia envaidecido em oferecer minha ajuda como um dos líderes da resistência contra o sistema. À par de minhas denúncias, os patrões mexiam seus traseiros gordos, indo ao mercado sempre em busca de líderes mais qualificados, metendo a mão no bolso para proteger seus investimentos, receosos de que seus nomes aparecessem na coluna.

O final de ano havia chegado e com ele, a época de vestibulares. Despedi-me da professora Renata com o coração partido - e com o pau amolecido quando descobri que Renata namorava uma médica que conhecera na faculdade. Despedi-me da burguesia do cursinho, das gostosas bailarinas descendentes de italianos e dos japoneses devoradores de livros. Prestei para Filosofia na USP e Ciências Sociais na Unicamp. Para a minha felicidade, passei em Ciências Sociais, no período noturno. Aproveitando que o mundo não acabara no ano 2000, iniciei meus estudos numa das maiores Universidades do país, uma extensão do cursinho pré-vestibular: japoneses comedores de livros, gente branca de cabelos lisos e olhos coloridos levadas ao campus por seus papais de carro importado. Com um aditivo: intelectuais maconheiros, lésbicas desinibidas, bichas marombadas, anarquistas grevistas.

Contudo, com a auditoria da ISO 9000 se aproximando, vi minha vida se tornar um pequeno caos. A Universidade ficava a cerca de uma hora de casa, uma viagem cansativa de busão que a prefeitura oferecia. Os livros, as resenhas, as pesquisas; era muita coisa para assimilar com pouco tempo de estudo por dia, já que Cícero começou a pegar no meu pé para colocar a papelada toda em dia. Era uma burocracia infinita de documentos, de normas e relatórios que eu precisava ter tudo em mãos para não ser pego na auditoria.

Fodido e mal pago, solicitei a ajuda de um colaborador da linha que me auxiliasse nos trabalhos, no que fui prontamente atendido por Cícero. Flávia, a nova encarregada que havia substituído Célio, o breve, perguntou se eu tinha alguma preferência. Naturalmente, escolhi Carolzinha, minha marmita requentada. Uma escolha prudente, temendo uma retaliação futura, já que Carol conhecia alguns de meus segredos.

Carolzinha era minha principal informante, eu precisava dela ao meu lado se quisesse conseguir meus objetivos de manter a chefia sob controle e para isso, precisava agradá-la, não apenas com mandiocadas semanais.

Foi um grande erro. Com Carolzinha fora da produção, agora na Qualidade, setor que lhe conferira um certo status sobre as demais colegas de linha, Carolzinha tornara-se vítima da mais venenosa inveja por parte das outras funcionárias e com isso, ganhou uma antipatia gigantesca, deixando de me abastecer com informações preciosas.

Além disso, era péssima em detectar problemas nas auditorias. Com o tempo, lotes e mais lotes de peças começaram a voltar, gerando um problema violento para mim. As montadoras ligavam, eu tinha que sair correndo para resolver. Passou a ser corriqueiro sair de casa às quatro da madrugada e chegar às dez da noite fazendo retrabalho com minhas próprias mãos, levando lotes de peças boas, trazendo lotes de peças ruins. A empresa começou a levar multa por não cumprimento de obrigações, por parar frequentemente as montadoras. E para piorar a situação: a porcaria do motor chinês começou a dar problema em campo.

A semana da auditoria da ISO 9000 havia finalmente chegado. Uma dantesca tempestade perfeita de merda havia se formado, e um nabo gigante estava sendo apontado para o meu bumbum: o motor chinês deixando motoristas de carros novos na mão, peças e mais peças retornando de campo, a empresa levando cada vez mais deméritos e multas das montadoras e o pior de tudo: Carolzinha deixando de dar para mim por causa das enrabadas que eu lhe dava na fábrica devido a sucessão de cagadas intermináveis. O caldo começou a azedar para o meu lado. Comecei a faltar cada vez mais na Universidade, a pressão aumentou à níveis insuportáveis. De um dia para o outro, passei a responder diretamente para o dono da empresa, o Seu Arnaldo, já que Cícero precisou viajar com emergência para a China. Com Seu Arnaldo fungando no meu cangote, Carolzinha cagando nas auditorias da produção e eu perdendo aulas fundamentais para o meu futuro, minha vida virou um inferno.

E para piorar a situação, levamos pau na ISO. Os filhos da puta dos auditores encontraram várias brechas no sistema. Seu Arnaldo fora intimado a reformular todo o sistema de Qualidade, que era absolutamente furado na Vértice. Eu não soube responder, por exemplo, qual a Política da Qualidade da empresa, algo que eu tinha na ponta da língua, que era o 'arroz com feijão', mas que na hora deu branco. Foi o sono, foram as viagens, foi a Carolzinha... eu precisava de alguém em quem direcionar o nabo, mas o nabo acabou sobrando no meu rabo.

Só não fui demitido porque tinha estabilidade sindical de cinco anos, o que deixou o Seu Arnaldo ainda mais puto de raiva.

Naquele ano, só levei pau na Universidade. Não tinha tempo e nem pique de acompanhar a explosão da internet, curtir a novidade do telefone celular que começava a pipocar nas mãos de todos os brasileiros como resultado das privatizações. Não ia à academia havia mais de um ano. Carolzinha arrumou um namorado sério, a banda parou com os ensaios porque o vocalista precisava acompanhar retrabalho na fábrica no sábado e fazer trabalho da faculdade no domingo.

No mês de dezembro a fábrica deu férias coletivas para todos e junto com as férias da Universidade, descansei um pouco. Não li nada, não estudei nada, não comi ninguém. Procurei refúgio nos amigos, e resolvemos voltar a tocar um pouco. Pancada estava mudado, mais velho, mais lúgubre. Conversamos muito, reclamei muito da vida, ele também reclamava do ralo que dava na chácara, de como seu patrão viciado em cocaína lhe atrasava os pagamentos. Pancada sugeriu fazer um pacto com o demônio, já que toda banda famosa fazia. Eu não acreditava em Deus, muito menos no demônio, mesmo assim decidi ouvir o que o Pancada tinha a dizer sobre um tal livro demoníaco que ensinava a realizar a diabólica empreitada. No frigir dos ovos, os apetrechos que seriam necessários para celebrar o tal pacto sairiam tão caros que era preciso ficar rico antes de formalizar o acordo. Nos anos FHC faltava dinheiro até para vender a alma para o diabo.

O ano de 2001 não aliviou para mim. Começou com a porcaria da auditoria da ISO. Como eu estava com o espírito preparado, com o rabo ardendo e com o Cícero na fábrica, conseguimos a merda da certificação. Mesmo assim meu trabalho dobrou por causa da papelada exigida, da nova política de qualidade e de uma nova certificação que o velho veado do Seu Arnaldo queria implantar, uma porcaria chamada ISO 14001. Se a 9000 já havia me dado dor de cabeça, ficava imaginando o tamanho do fumo que seria uma cinco mil e um a mais. Passei o primeiro semestre inteiro com o Cícero buzinando as siglas PDCA na minha orelha. O chumbo na universidade era grosso demais para alguém que precisava acordar de madrugada como eu. Já havia acumulado três dependências no primeiro ano. 2001 não seria diferente, pelo visto.

No segundo semestre, abro o Estadão, que a empresa assinava e que em raras ocasiões eu lia, e me deparo com a seguinte notícia:

"FHC veta filosofia e sociologia no ensino médio" O presidente Fernando Henrique Cardoso vetou projeto que tornava obrigatórias as disciplinas de filosofia e sociologia no ensino médio (2º grau). Ex-professor de Sociologia da Faculdade de Filosofia, Ciências e Letras da Universidade de São Paulo (USP), Fernando Henrique alegou que o número de profissionais

na área é insuficiente e os Estados e o Distrito Federal não dispõem de recursos para novas contratações. Não há no País formação suficiente de tais profissionais para atender a demanda que advirá caso fosse sancionado o projeto, situações que por si só recomendam que seja vetado na sua totalidade por ser contrário ao interesse público, disse o presidente na mensagem enviada ao presidente do Senado, Ramez Tebet (PMDB-MS). O veto do presidente pode ser derrubado pelo Congresso, mas essa situação é rara. O projeto de inclusão da filosofia e da sociologia no currículo do ensino médio era defendido pelos parlamentares oposicionistas. A decisão do presidente já era esperada. Nesta semana, o senador governista Romero Jucá (PSDB-RR) já havia usado a tribuna do Senado para comentar a falta de professores das duas disciplinas para a mudança curricular aprovada no Congresso.

Foi a desculpa que eu precisava para abandonar a faculdade. FHC havia dado o golpe de misericórdia no meu futuro incerto: acabar com a profissão que eu havia escolhido. Ele próprio, sociólogo de formação, acabara com o ensino de filosofia e sociologia por falta de professores no ensino médio - como se não faltassem professores de Matemática, Química e Física, tanto ou mais. O fato é que larguei mão do sonho de me tornar um professor ali. Ao menos podia me dedicar ao trabalho, a minha banda, ao meu corpo, ao meu Inglês efervescente, ao meu sono, a meu novíssimo affaire. Cherry, uma deliciosa magricela que figurava nas passarelas da cidade havia encontrado no RH da empresa uma oportunidade de pagar seus estudos na PUC. Aos poucos fomos nos conhecendo, aos poucos fomos nos enamorando.

Havia muito tempo que eu não lia Maquiavel, mas toda vez que via um livro seu na estante do meu quarto, ou estampada a sua foto em alguma biblioteca, lembrava-me de um de seus ensinamentos: "Mesmo as leis bem ordenadas são impotentes diante dos costumes", dizia o bom e velho Maqui. Carolzinha havia descoberto o meu macete de preencher os relatórios sem auditar as peças, e numa bela manhã de segunda-feira, aprovou um lote inteiro de peças com defeito para a GM. Carolzinha, a deliciosa burladora de normas, havia dado um prejuízo gigantesco para a empresa, e, por conseguinte, para a minha reputação. A bomba foi tão grande que minou as reservas financeiras da empresa, obrigando o Seu Arnaldo a colocar tudo à venda.

Em alguns meses, um grupo de Ingleses começou a zanzar pela fábrica, querendo saber sobre isso, aquilo, quem era quem e o que faziam. Ficaram cerca de dois meses flertando com uma possível compra. No terceiro mês, ficamos sabendo que os Ingleses abririam uma concorrente a poucos quilômetros dali. Cícero foi o primeiro a ser levado pelos Ingleses, que ofereciam salários astronômicos às melhores cabeças. Com ele, outros pilares da Vértice foram, aos poucos, abandonando o barco que afundava, para um iate luxuoso rumo ao futuro.

Entramos em 2002 no vermelho. Empurramos 2003 com a barriga. As demissões começaram lenta e gradativamente. Máquinas começaram a ser vendidas, os atrasos a pagamentos a fornecedores passaram a ser comuns. Apenas cipeiros, sindicalistas, puxa-sacos com mais de dez anos de empresa, grávidas e aleijados com estabilidade resistiam agarrados a seus empregos por um fio. Em maio de 2004, a Vértice pediu arrego e abaixou suas portas, deixando centenas de trabalhadores na rua, sem um tostão no bolso e nem perspectiva de receber. O velho Arnaldo, num último ato de desespero e bondade, ofereceu algumas máquinas e equipamentos para alguns funcionários mais antigos. Um torno para um, uma fresadora para outro, computadores para os chegados, os que o ajudaram a abrir a empresa e a mantê-la em pé por mais de uma década. "Aos amigos, os favores. Aos inimigos, a lei", soprava-me aos ouvidos o velho Maqui.

Coube a nós, vagabundos, incompetentes, estabilizados e pendurados, procurarmos a justiça e tentar receber o que pudéssemos ao longo da década.

Naquele ano fatídico, Cidão foi assassinado com um tiro na nuca. Alguns diziam que ele tentou denunciar algum escândalo de corrupção envolvendo o sindicato e pagou por isso com a própria vida. Pancada deu um tiro em sua própria cabeça, me deixando sem baterista, sem um dos poucos amigos que eu tinha, sem tesão para muita coisa. A não ser para o álcool. Abutre mudou-se para a Espanha, numa tentativa desesperada de ficar rico lavando pratos. A mim, restou o desemprego, a depressão e a notícia de que Cherry, meu affaire de chão de fábrica, estava grávida.

O Bolo Cresceu

"O homem precisa daquilo que em si há de pior se pretende alcançar o que nele existe de melhor".

Friedrich Nietzsche

O ano de 2004, para minha surpresa, foi um ano muito mais profícuo do que eu poderia imaginar. Desempregado, fodido e com uma barrigudinha agregada ao meu humilde lar da minha mãe, fui novamente agraciado pelo irmão Lauro – que havia trocado a Alca por uma proposta irrecusável e um salário polpudo para gerenciar uma das maiores fabricantes de bebidas do país – com todo tipo de regalias: berço para o guri, pacotes e mais pacotes de fraldas descartáveis, roupinhas, mijões, pagãos, banheiras, pomadas para assadura, brinquedos, além de todo o cuidado médico para a Cherry, com pré-natal garantido.

Meu irmão Lauro me garantia um mensalinho gordinho, abastecia a geladeira de casa, e ainda me presenteava com boas cervejas especiais, como Stouts, Pale Ales, Largers Bock, América

Ipas e Achocolatadas. Diante de sua guinada, não perdi tempo, e fiz um currículo caprichado, cheio de mentiras sinceras, e entreguei em sua mão, garantindo uma entrevista na famosa Kältemittel Bier, ou simplesmente, Käl Bier.

Os mimos de Lauro e Márcia com meu primeiro filho fizeram com que minha esperança vencesse o meu medo de assumir tamanha responsabilidade. Lula havia acabado de assumir seu mandato, no passado ano de 2003. A economia ainda não havia dado sinais de recuperação, mas a guinada de Lula à direita, nomeando como presidente do banco Central um deputado eleito pelo PSDB – partido rival – o senhor Henrique Meireles, ex presidente do Banck Boston, fez com que o capitalismo internacional olhasse para Lula com bons olhos, causando assim uma enxurrada de dinheiro no país.

Em julho de 2004, uma empresa de linha branca, A Gela, telefonou para o meu número de celular, oferecendo-me uma vaga temporária de três meses como Auxiliar de Montagem. A princípio pensei em recusar, já que havia três meses que fizera a entrevista na Käl Bier, mas meu irmão

Lauro convenceu-me a abraçar o que viesse. Abracei.

Iniciei na Gela junto com mais de duzentos novos colaboradores temporários. A mexicana Gela, que adquirira uma nova planta havia pouco mais de um ano, contratava às centenas, assim como demitia às centenas. Era um contrato temporário de três meses que se estendia por mais três meses, e que, invariavelmente, terminava em demissão, sendo o colaborador bom ou ruim.

Na Integração - etapa em que se conhece a empresa antes de se iniciar o trabalho-, tomei um susto: era uma confusão gigantesca de pessoas. Havia um colaborador para segurar a parafusadeira, outro para segurar o parafuso. A fábrica girava três turnos, sem parar; havia horas extras nos sábados, nos domingos e feriados. Uma correria alucinante, o trabalho manufaturado mais rápido que já havia visto em toda a minha vida, uma pauleira desgraçada, um deus-nos-acuda de uniformes brancos pisando um no pé do outro, desafiando a terceira a lei de Newton. Um amontoado de jovens entre dezoito e trinta anos tentando ocupar o mesmo lugar no espaço.

E foi assim que comecei, mecanicamente, deixando os dias passarem, enquanto esperava pela ligação final, a ligação da Käl Bier, que me garantiria um salário gordo, numa empresa de primeiro mundo, com emprego estável e muita cerveja para degustar. O dono da Käl Bier era um homem simples, brasileiro descendente de alemães que vivia na própria cidade havia décadas, famoso entre seus funcionários por sua generosidade, por saber o nome de cada um de seus colaboradores e principalmente por garantir um ambiente de trabalho feliz em sua empresa. Era comum ouvir funcionários da Käl falando bem do Seu Anderson, dos presentes que ele os proporcionava em seus aniversários, casamentos, nascimento de filhos, além dos já famosíssimos mini cases: fardos de cerveja, refrigerantes e sucos que eram entregues todos os meses aos funcionários junto com a cesta básica de alimentos, produtos dos quais eu também me beneficiava através do meu irmão Lauro.

Em janeiro de 2005 meu contrato de seis meses com a Gela havia terminado, como se o tempo tivesse dado um salto para o futuro. Nesse interim, vi centenas e mais centenas de colaboradores entrarem e saírem. Uns ficavam dois dias e nunca mais apareciam. Uns ficavam seis meses ralando a fio, sem faltar, sem atrasar, e eram simplesmente dispensados ao final do contrato. Naquele mês, algo estranho aconteceu: a empresa, de uma hora para outra, parou de contratar temporários, efetivando mais de seiscentos colaboradores de uma vez, nos diversos galpões da fábrica: estamparia, pintura, injeção plástica, lavadoras, fogões, administrativo, engenharia, qualidade e, principalmente, no quarto galpão, onde eu trabalhava feito escravo, o G4, Refrigeração.

A economia no país estava em chamas. Lula havia colocado o país, definitivamente, na rota do crescimento. Eram números espantosos, com crescimento acelerado, inflação dentro da meta, produto interno bruto em alta, quase dois milhões de empregos gerados por ano. Naquele ano, recebi pelo menos mais três ou quatro ligações me chamando para entrevistas em várias cidades da região.

Na Gela, ganhava algo em torno de R$580,00 quando entrei. Quando fui efetivado em janeiro de 2005, meu salário já estava galopando para

R$760,00. Como trabalhava em uma prensa, não pude ser enquadrado como auxiliar, mas como Operador de Máquinas 1, uma sorte lascada que me fez receber um salário de R$ 880,00. Com o dissídio de setembro passado, entrei o ano de 2005 recebendo vultuosos R$ 1.050,00, praticamente o dobro do que eu ganhava na era FHC.

Em março de 2005 a ligação que eu tanto esperava, finalmente, havia chegado: era a Käl Bier me oferecendo uma vaga de Operador de Produção, para início imediato, já que o meu processo seletivo estava adiantado havia meses. Eu tinha tudo para entrar, mas recusei por um único motivo: o horário. Das duas da tarde às dez da noite, de segunda à sábado. Na Gela, meu horário era das 15:48 às 1:12 da manhã, um horário alternativo, justamente para não ter que trabalhar de sábado. Os sábados eram pagos como horas-extras, no horário de 12:00 às 18:00, e que não era obrigatório. Minha recusa foi aprovada pelo meu irmão, que disse que era melhor não "sujar" a carteira com poucos meses de registro. Assim, abracei a Gela como quem abraça o grande amor de sua vida.

A Gela era uma empresa de aproximadamente mil e duzentos colaboradores diretos, onde o termo "funcionários" não se utilizava. Suas instalações eram grandiosas, imponentes, divididas em gigantescos galpões. Em cada galpão ficava um segmento diferente, ou área de apoio. No Galpão um, ou G1, ficavam as Injetoras. Eram dezenas de máquinas enfileiradas a perder de vista, cada qual com seu respectivo colaborador. No G2, ficava a linha de montagem de Lavadoras, que tinha sua própria expedição. No G3, fogões. No G4, Refrigeradores, o carro chefe da empresa. Havia ainda o G5, que também era de refrigeradores, mas um tipo de refrigerador maior, mais complexo e caro, destinado às classes sociais mais favorecidas.

O G4 era onde se concentrava a maioria dos colaboradores. Ali, além de uma gigantesca e complexa linha de produção, ficava também um mezanino com diversas áreas de apoio. O chão de fábrica era retangular: Começava na estamparia, tratamento de chapa, pintura, até as termoformadoras – onde se produzia a caixa interna branca que se vê no refrigerador quando a geladeira está vazia. A partir das "Termos", começavam as pré-montagens. As pré-montagens recebiam os metais da Pintura, da Estamparia, as caixas internas das Termos e centenas de outros itens do almoxarifado e das Injetoras. Ali começava todo o processo de montagem em si. Após a pré-montagem, ficava a Espumação de gabinetes, onde eram acomodados os moldes de cada modelo de refrigerador. Na Espumação, injetava-se o poliuretano dentro do gabinete ainda oco. Era essa espuma que fazia com que o produto ficasse durinho, como quando o recebemos em casa. Sem a espuma, o gabinete de um refrigerador é um conjunto de chapas e uma caixa branca molengas. A espuma de PU é responsável por toda a vedação do produto. O processo era bem simples: O produto chegava em um jig, uma pequena doca individual, era encaixado no molde, e recebia a espuma de poliuretano. Após passar por cinco ou seis minutos de cura, aguardando que a espuma agisse, o produto era liberado para a linha. Depois da Espumação – que também fazia parte das pré-montagens – começava a linha de montagem. No G4, eram duas. A Montagem 1 e a Montagem 2. Cada qual recebia produtos de suas respectivas pré-Montagens. Na montagem, o produto ficava em pé pela primeira vez, a partir de uma pequena célula chamada linha de nível, onde era montada a base do compressor. Com a base montada, o produto era levado pela linha por um tombador, uma estrutura em "L" deitado que se levantava junto com o produto, colocando-o em pé para o início da montagem do termostato, do compressor (motor) do condensador (a grade que muitos penduram roupas para secar mais rápido) entre outras dezenas de peças.

Em frente a cada linha de Montagem ficava um Tambor de Portas. As portas também eram espumadas, e cada porta precisava ficar pronta no momento exato em que o produto chegasse até o ponto de convergência entre os dois. O tambor de portas era uma estrutura em forma de tambor, de aproximadamente dez metros cúbicos. Dentro dele ficavam os moldes das portas, num processo similar ao que ocorria com os gabinetes. A chapa da porta era colocada apenas com a contra-porta, muito bem vedada. O tambor se fechava, pressionando a carcaça da porta, impedindo que ela ficasse disforme quando da injeção do PU. Um giro do tambor, com dez moldes, levava cerca de vinte minutos. A cada giro do tambor saia uma porta pronta. Quando uma porta era retirada de um molde, uma nova carcaça era colocada em seu lugar, para que se perpetuasse o ciclo. Quando o produto era finalizado, ia para a área de Testes, conhecido como Carrossel. Nesta área, o gás refrigerante, o R134a, era injetado no sistema interno do produto. O produto era ligado e tinha que funcionar. O Teste em si consistia em introduzir sensores dentro do produto e medir sua temperatura. A temperatura, evidentemente, tinha que cair, sinalizando que o produto estava em prefeitas condições. Ali também ficava um grupo de pessoas, numa área chamada Estético. O Estético era responsável por detectar avarias visuais no produto pronto. O estético também era responsável por liberar os produtos para a embalagem, caso estivessem em perfeitas condições. Se um operador do Estético detectasse um defeito, marcava com um giz azul, e desviava o produto através de uma esteira automática para uma cabine de funilaria. O Estético era um dos pontos críticos espalhados pela empresa, porque era lá onde os auditores da Qualidade faziam a inspeção final nos produtos. Um produto liberado pelo Estético com defeito, significava dor de cabeça. Esse produto era segregado, exposto para toda a fábrica ver, gerando uma nota baixa no apontamento da qualidade, que eram espalhados em totens de gestão visual por toda a fábrica.

Eu trabalhava na Pré-montagem 1, era Operador de uma prensa chamada Geração. Na gela, algumas células recebiam os nomes de seus respectivos equipamentos. A Geração era a fabricante da prensa. Essa prensa, prensava a serpentina do produto, que ia fixada com fitas adesivas de alumínio na caixa interna. A serpentina era arredondada, e recebia essa leve prensagem para que sua superfície tivesse mais contato com a caixa interna, garantindo assim uma performance maior no produto. Se a serpentina não ficasse bem prensada, o produto era reprovado nos testes. Se ficasse prensada demais, o gás não circularia, causando a sucata, ou Scrap – como costumavam chamar os partidários do estrangeirismo – daquele produto.

A linha de pré-montagem era dividida em duas células: a de preparação de gabinetes e a de preparação de caixas. O processo de preparação de gabinetes começava na Rivaltec, uma máquina de fixação do topo metálico com as laterais metálicas recém chegadas da pintura. Ali funcionava um sistema simples de cravamento com matriz e punção. Eram dados dois pontos de cravamento em cada lado do conjunto topo/lateral. Quem operava a Rivaltec era o Boca de Caçapa, o Operador mais velho da linha, uma figura sui generis, para dizer o mínimo. Da Rivaltec, um robô conduzia o conjunto topo/lateral cravado até a esteira de pré-montagem. Na esteira, trabalhava-se em duplas, um de cada lado da esteira, com o produto deitado. O produto recebia, primeiramente, a base poliondas, que era fixada e vedada com fita adesiva pela primeira dupla. A esteira levava cerca de um minuto para "andar". Se o colaborador não tivesse terminado sua tarefa, tinha que pressionar o botão de emergência que ficava num poste ao lado da esteira. No alto desse poste, havia um sinalizador de emergência estratégico que indicava com uma luz vermelha piscando que a linha estava parada. Essa luz era visível do mezanino, e se ficasse piscando por muito tempo, logo aparecia o responsável pelo setor para resolver o problema. Num processo de manufatura, a maioria das vezes que a linha parava, era por causa de atraso do colaborador. Os outros problemas eram manutenção ou falta de material. Logo após a vedação da base, vinha a vedação do que chamávamos de respaldo plástico, ou, "poliondas" apenas. O poliondas são as "costas" do produto. Um material cinza, de superfície lisa e flácida, mas muito resistente, onde é colada a etiqueta com o código de barras de rastreabilidade do refrigerador. O Poliondas precisava ser muito bem vedado, porque a espuma quente do poliuretano era injetada sobre ele, antes de se expandir por todo o produto. Se esse poliondas, ou mesmo a base poliondas do processo anterior não fosse bem vedado, a espuma de poliuretano vazava por sobre as laterais e topo metálicos, o que causava um enorme retrabalho de funilaria, gerando um prejuízo enorme para a empresa.

Não havia e nenhum tipo de produto eficiente para remoção do poliuretano em contato com uma superfície metálica. Daí a funilaria, daí a dor de cabeça. Se um colaborador, na correria, esquecesse de fixar uma fita adesiva, ou mesmo se fizesse com desleixo, causaria um vazamento na certa.

Após a vedação do conjunto poliondas, a esteira de gabinetes chegava num ponto de intersecção em forma de "T" com a linha de caixas. Com o poliondas devidamente vedado, o gabinete recebia a caixa interna pré-montada, com a serpentina, o tubo desumidificador, a cuba (freezer), a linha de sucção. Já com a caixa interna no gabinete, o produto recebia a travessa inferior, que era aparafusada e vedada no gabinete. Dali, o produto aguardava alguns minutos no Buffer Cassiole, antes de seguir rumo a Espumação de gabinetes, finalizando o processo de pré-montagem.

A linha de preparação de caixas recebia as caixas diretamente das termoformadoras, que ficavam próximas às linhas, diferente da linha de gabinetes, onde as laterais e topos metálicos eram trazidos por um abastecedor numa paleteira à bateria. As termoformadoras tinham um Kamban controlado com rigor pelo PCP, já que os setups de uma termoformadora eram demasiados demorados. Um colaborador da preparação de caixas ia pessoalmente retirar as caixas do Kamban com um carrinho de cinco por dois metros, onde cabia cerca de trinta caixas, uma enfiada dentro da outra. O carrinho era posicionado no início da operação. Ali, ele fixava a contraplaca de alumínio, empurrava a caixa sobre os roletes para a próxima dupla fixar a cuba à caixa, que empurrava o conjunto sobre os roletes para uma outra dupla de montadores encaixar o tubo desumidificador com a linha de sucção e a serpentina. Um operador cravava o anel lockring na sequência, que também era um ponto crítico da qualidade. Com o anel fixado, fazia-se o teste de vazamento. Só então vinha a prensagem da serpentina. A prensa Geração ficava na intersecção da linha de preparação de caixas com a linha de montagem de gabinetes. Era o último processo antes da caixa ir para a linha. Eu recebia a caixa pré-montada, posicionava com cuidado na prensa, acionava os botões bi manuais e esperava a prensa fazer seu trabalho. Quando a prensa terminava seu ciclo, eu retirava a caixa dela e enviava para a linha, onde dois colaboradores, com muito cuidado, dispunham a caixa no gabinete. Tudo precisava funcionar como um reloginho suíço. Do contrário, a linha parava. Se a linha parasse, o pau comia. Nossa meta era atingir 533 produtos pré-montados por dia, 65 por hora, menos de um minuto por produto. Tudo isso com qualidade e atenção. Não podíamos mandar para a montagem, nosso cliente interno, por exemplo, laterais riscadas, amassadas, contaminadas. Caixas quebradas ou trincadas, com vazamento no sistema interno, amareladas, abauladas, além de gabinetes com vazamentos de poliuretano.

Como eu ficava no final do processo de preparação de caixas e era um dos Operadores da linha de caixas, a responsabilidade por caixas com problema era minha e do outro operador, o Morto, do ponto crítico que fixava o anel lockring. Assim como na esteira de gabinetes o responsável era o Boca de Caçapa.

O Boca de Caçapa era uma figura isolada do restante do grupo. Logo que entrei, fui avisado pelo Morto a ficar longe do Boca de Caçapa.

__Tá vendo aquele maluquinho ali? – advertiu-me o Morto, que havia tido a mesma sorte que a minha no enquadramento.

__O que tem ele?

__É o Boca de Caçapa. É impossível conversar com ele. Tudo que ele fala tem duplo sentido. Você nunca sabe se ele está falando sério ou se está te sacaneando – advertiu.

Boca de Caçapa era um baiano sagaz. Mulato, baixinho, beiçudo, barrigudinho, andava sempre com uma mão no saco e com um palitinho na boca. Tinha sempre um sorriso zombeteiro no rosto e era adepto de, às vezes, falar sozinho. Trabalhava sozinho na Rivaltec, era um dos poucos na linha que ficava desparceirado, por ser Operador. Os outros eram o Morto e Eu.

Eu, por causa da minha aparência, fui apelidado de Che Guevara pelo grupo, assim que pisei na fábrica. Cabelos nos ombros e barba rala por fazer foram o suficiente para me presentearem com um vulgo simpático a mim. "Che", como fiquei conhecido, pegou de imediato, e me deixou muito feliz após conhecer os apelidos dos demais companheiros: Morto, Boca de Caçapa, Maconha, Farinha, Piolhento, Asa, Rolón, Bafo de Bode, Tonho da Lua, Boca de Pelo, Peidorreiro, Marcha Lenta, entre outros. Era uma turma divertida, engraçada, que falava besteira o dia inteiro. Rolón havia ganho esse apelido por que usava o desodorante desse tipo. Asa, porque não usava desodorante nenhum, e ia trabalhar fedendo. Quando abria as "asas", ninguém conseguia ficar perto. O Morto era devagar, quase parando. Foi colocado para vedar o anel lockring porque ninguém queria trabalhar com ele de parceiro. Quando o enquadramento de funções foi anunciado, todos morreram de raiva e inveja, porque descobriram que a função mais fácil da linha seria de Operador 1. O mesmo acontecera comigo, mas não por falta de parceiros. Eu era o único que já havia ouvido falar de CLP, necessário na operação da prensa para ajustes, e fora o único a levantar as mãos quando o Elias, nosso encarregado, perguntara. Já o Boca de Caçapa estava na função por tempo de casa. Pelo menos era o que se falava até então.

Com o tempo, o Elias começou a falar em "turn over": todos os montadores teriam que fazer revezamento de hora em hora para prevenir lesões por esforço repetitivo. Nós operadores faríamos o revezamento entre nós mesmos: Morto, Boca de Caçapa e Eu.

Já nos primeiros dias do famigerado "turn over", tive oportunidade de dialogar com o Boca de Caçapa. Ele já sabia operar a prensa. Portanto, eu tive que ir até ele para aprender a operar a tal Rivaltec.

__E aí, Boca de Caçapa, sou o Che. Como vai?
– apresentei-me.

__Não como você, mas gostaria – respondeu
Caçapa com um leve sorriso zombeteiro no rosto,
estendendo a mão direita.

Fiquei vidrado com o palitinho em sua boca,
saltando de um canto a outro sem o menor esforço
e nem percebi que sua mão direita decolara de seu
saco e estava agora no ar, parada, aguardando um
cumprimento meu.

__Pega na minha e balança – disse então Caçapa
em tom ríspido. O fiz. Cumprimentei-o,
desculpando-me educadamente, para seu alívio.

__Che quer vara, né? – disse-me Caçapa
enquanto me conduzia até a máquina.

__Faz tempo que você trabalha aqui? –
perguntei esforçando-me para parecer amistoso.

__Eu entrei 'faz' cinco anos – respondeu Boca
de Caçapa.

Caçapa me explicou tudo, passo a passo, sempre
com um sorriso zombeteiro no rosto, o palitinho
mordido no canto da boca, a mão no saco.

Enquanto me explicava como a mecânica da máquina atuava, Caçapa me alertava dos cuidados com a segurança e dos perigos, da qualidade e principalmente, da produção. Enquanto me conduzia pela máquina, Caçapa me dava um leve empurrãozinho nas costas:

__Vai na frente que eu vou atrás.

A produção era foco de um cuidado especial pelo Caçapa. Quando faltava produtos na esteira, era responsabilidade do Operador, garantiu. Os espaços na esteira, ou "furos", eram os maiores responsáveis pela perda de produção, o não cumprimento da meta. O furo na linha era o macete utilizado por alguns operadores para não parar a linha e não chamar atenção do mezanino. Caçapa parecia conhecer todos os macetes da linha.

__Não pode ter falta de produto na linha. Se você der um furo, o Elias come seu rabo. Se você for devagar que nem o Morto, você vai dar o furo direto – alertava-me Caçapa.

No mesmo abonado janeiro de 2005, o presidente Lula lançou o programa Universidade para Todos, ou Prouni, como foi carinhosamente chamado. O Prouni foi um programa criado pelo governo para receber jovens carentes e excluídos em universidades privadas, nas vagas não preenchidas. Eu estava com 27 anos à época, Cherry estava prestes a dar à luz um bebê. Meu salário, ainda que polpudo, não seria suficiente para pagar uma faculdade com mulher e criança pequena, além da prestação de uma honesta motoca que acabara de adquirir. Decidi, então, arriscar os olhos no tal programa. No formulário para inscrição, declarei-me negro, já que não havia cotas para descendentes de italianos. Como primeira opção, escolhi jornalismo. Como segunda opção, Direito. Como terceira, e sem o menor desejo de cursar, Administração de Empresas, numa faculdade questionável, só para não deixar o formulário digital em branco e acabar logo com aquilo.

Para a minha tristeza e surpresa, só fui aceito na porcaria do curso de Administração de Empresas, numa faculdade que possuía a alcunha de receber até analfabetos entre seus alunos, para aproveitar a oportunidade criada pelo governo. Como sobravam poucas opções para o período matutino, decidi encarar.

As aulas começaram em fevereiro de 2006. Havia mais de cem alunos na sala de aula. Eu não podia acreditar no que estava vendo: Jovens, num verão de 37 graus, de terno e gravata com seus notebooks de última geração se amontoando para conseguir um espaço em frente a um ventilador barulhento. Uma senhora de sessenta anos, sem voz, professorava algo sobre Fayol, enquanto batia na carteira para pedir silêncio aos alunos. Uma bagunça infernal, um converseiro terrível. No final da aula, os professores sempre pediam um trabalho sobre sei lá o que para ajudar na nota da prova. Trabalhos esses que, no próprio intervalo das aulas, alguns já possuíam em mãos, extraído da internet, através de Ctrl+C/Ctrl+V.

Na minha sala, sentado ao meu lado, para minha surpresa, estava Elias, meu chefe, ou o Técnico de Produção, como eram denominados os encarregados na Gela.

Elias era um sujeito decente. Alto, magro, cabelos lisos, castanhos. Usava um aparelho nos dentes, tinha aproximadamente a minha idade, frequentava Igrejas evangélicas desde criança. Não era o sujeito típico do chão de fábrica, não possuía malícia ou maldade o suficiente para suportar aquele ambiente, mas era, curiosamente, o líder da área. Com o passar das aulas, Elias e eu fomos desenvolvendo um coleguismo amistoso. Ele era excelente em exatas, começou a me ajudar nas matérias de contabilidade e custos, e eu o auxiliava como podia na interpretação de textos. Como os trabalhos fossem, na maioria das vezes, em grupo, essa dinâmica era boa para os dois.

No nosso grupo de Ctrl+C/Ctrl+V também figurava Soraia, uma loira cavalar estonteante. Alta, cabelos compridos lisos, encaracolados nas pontas, doces lábios de mel, olhos verdes hipnotizadores, uma bunda redondinha sempre arrebitada com auxílio de um salto plataforma da moda.

Soraia era esposa de Gilson, um sindicalista que trabalhava na Gela no Tambor de Portas 1. Era um sujeito fechado, pernambucano arretado, inflexível com os líderes da empresa. Todas as denúncias de abusos de chefes para com os colaboradores iam parar em suas mãos, que enviava essas denúncias para alguém do Sindicato dos Metalúrgicos, que escrevia para o informativo, na coluna "Treta". Como Soraia fosse uma pessoa, digamos, dada, comecei a traçá-la, sem dó nem piedade. Levava-a a um motel próximo à faculdade, amiúde. Lá, eu realizava todas as suas fantasias, principalmente a mais comum de todas: filmá-la.

Soraia confessou-me certa feita que quando adolescente, sonhava em se tornar atriz. O mais próximo que conseguiu foi através de nossas filmagens no motel, cuidadosamente apagadas posteriormente. Em algumas oportunidades, Soraia chegava a me levar em sua própria casa, que ficava num bairro próximo. Gilson se ausentava frequentemente para assuntos sindicais, praticamente toda primeira segunda-feira de cada mês. Assim, Soraia e eu desenvolvíamos nossas performances cada vez mais intensamente, descaradamente, deliciosamente. Eu, apesar de manter o meu pensamento de esquerda ativo, havia me decepcionado com o Sindicato, após o episódio com a Vértice. Nosso sindicato não nos amparou como deveria, afundou com o barco, nos deixando sem nenhum tostão furado após anos dedicados à causa. Deixei de colaborar com qualquer denúncia que chegasse até mim. Com o tempo, as denúncias foram rareando, até não mais chegarem, diante de meu silêncio. Na Gela, eu não tinha estabilidade alguma, precisava do emprego, jamais poderia deixar que soubessem que eu havia sido, um dia, sindicalista, colaborador de uma coluna contra os patrões, agente da revolução infiltrado.

Em fevereiro daquele ano, meu filho nasceu. Cherry dera à luz um bebê gorducho, de três quilos e meio, forte, saudável e barulhento. Chamamos de Ignácio, em homenagem ao Lula, o pai dos pobres, o defensor dos oprimidos, o incorruptível, o homem que havia me empregado, estava pagando minha faculdade e pilotando o foguete Brasil rumo ao espaço sideral do primeiro mundo.

Para minha desgraça, três meses depois, estourou o escândalo do mensalão. Todo o país foi varrido por um escândalo de corrupção sem precedentes. Nunca antes na história deste país, um esquema de corrupção de compra de votos pelo governo federal fora descoberto.

Cherry, alienada da realidade do mundo e com tendências direitistas, passou a me tratar com desdém e aspereza, por causa do nome da criança, da minha ausência constante de casa, dos meus horários, da minha mãe, de ter que lavar roupa, passar, cozinhar, respirar. Ela havia votado no Serra, apesar dos meus protestos. Eu, que havia votado no Lula, senti que havia sido apunhalado de raspão pelas costas. Não fora um golpe tão duro assim. Corrupção sempre existiu, desde que o mundo era mundo. Pus a culpa no sistema político. Lulinha paz e amor havia comprado deputados para votar projetos em benefício do próprio povo, já que com um congresso abarrotado dos mais variados partidos com todo tipo de interesses fisiológicos, era impossível governar. Lula havia feito o que era certo, acreditei. "O homem precisa daquilo que em si há de pior se pretende alcançar o que nele existe de melhor", soprou-me o bigodudo Nietzsche aos ouvidos. E o que existia em Lula de melhor, era sua cara de pau, sua habilidade política em negar os fatos, em negar que sabia de alguma coisa. Afinal de contas, Lula gozava de uma popularidade monstruosa.

Minha rotina passou a ser ainda mais alucinante desde que o turno estendido da noite havia sido agregado ao segundo turno. Acordava às seis e meia da manhã, jogava uma água no rosto, colocava uma roupa, pegava minha bolsa, ligava minha CG 150 e partia para a faculdade. Na faculdade, dormia mais um pouco, porque o conteúdo das aulas era paupérrimo, não despertava em mim o menor interesse. Saia da faculdade às onze e meia, chegava em casa ao meio dia. Comia, assistia aos gols da rodada, ouvia alguma reclamação da Cherry e tentava dormir mais uma horinha. Acordava às três da tarde, tomava um banho de gato e saia acelerando novamente, para estar na fábrica às três e meia, três e quarenta. Saía uma e doze da manhã, cansado, chegava em casa, tomava um banho e capotava, para recomeçar no outro dia tudo de novo.

Todos os anos a empresa era obrigada por lei a formar um comitê interno de segurança. O nome desse comitê era CIPA: Comissão Interna de Prevenção de Acidentes. O comitê era constituído por colaboradores eleitos em votação, que gozavam de uma estabilidade de dois anos por isso. O RH da Gela cometeu um erro gravíssimo ao anunciar a eleição para a CIPA concomitantemente às eleições para o PPR, o

Programa de Participação nos Resultados, naquele final de ano. O produto dessa cagada foi que os mesmos colaboradores que se candidataram para a CIPA, candidataram-se também para a comissão que definiria o valor da gorda participação nos resultados. Assim, os cipeiros recém eleitos com estabilidade, bateram o pé sem medo e asseguraram um PPR generoso naquele ano: dois mil reais. Passei as festas de ano novo endinheirado, dei um belo presente para a Cherry - sempre mal humorada - e para o meu barrigudinho Ignácio.

As eleições para a Cipa eram um fenômeno extraordinário na Gela. Ocorriam todo mês de julho, pareciam-se muito com as eleições municipais ou federais de qualquer país corrupto. Compra de votos era algo absolutamente normal. Em geral, vencia quem oferecesse o churrasco mais pomposo, com banda, grupos de pagode, prostitutas e até, de maneira velada, drogas.

A Cipa funcionava como um braço armado do sindicato dentro da empesa. Como havia poucos sindicalistas e muitos cipeiros, os dois grupos se aliaram para "bater de frente" com os ditames da empresa, como eles costumavam dizer.

Basicamente, o ponto alto dos cipeiros girava em torno da luta pelo PPR mais rechonchudo possível, por um dissídio acentuado, por uma cesta básica melhor, e pelo "busão", o tal transporte que a empresa insistia em não oferecer. A segurança, que deveria vir em primeiro lugar, nem figurava nas propostas dos postulantes.

Um desses Cipeiros eleitos havia sido o Boca de Caçapa, com a plataforma PCC: puta, cerveja e carne. Caçapa prometera dez caixas de cerveja, cinco putas e muitos quilos de carne para sua festa em comemoração ao pleito. Como não soubesse calcular adequadamente toda aquela comilança, Caçapa, à sua maneira sacana de sempre, contava sempre com minha parca ajuda, já que eu também não era exatamente um homem de exatas.

__Eu pensei assim: vão mais ou menos umas cem pessoas. Vou comprar vinte e cinco quilos de carne, porque eu calculei que cinco quilos de carne dá pra vinte comer – observou.

__Acho que sim, provavelmente – respondia sem saber ao certo se seus cálculos estavam corretos.

__Não sei a linguiça vai ser suficiente pra todo mundo – considerava Boca de Caçapa.

Boca de Caçapa havia alugado uma chácara, não sem antes ratear vintão de cada um que confirmasse presença, com a alegação de que precisava da confirmação para não comprar nada em excesso, nem faltando. Seu churrasco foi um sucesso. Piscina, campo de futebol society, grupo de pagode – que eu detestava, mas de fato tocava muito bem -, putas e muita política.

Gilson havia ido ao churrasco, sozinho, evidentemente. Lá, tive a oportunidade de conhecê-lo melhor. Era um sujeito de quarenta anos, baixo, meio atarracado, uma barriga proeminente, branco com entradas na cabeça. Alguns diziam que era perigoso, que já havia matado dois ou sete. Soraia também havia dito algo parecido, e que não se separava dele mais por medo do que qualquer outra coisa. Num dos papos de bêbado, Boca de Caçapa fez um discurso eloquente elogiando a atuação do Gilson junto ao sindicato, que iria tocar o "terror" durante seu mandato, que conseguiriam isso, aquilo e muito mais, sempre aplaudido pelo Gilson e os demais cipeiros eleitos, os quais eu só conhecia por apelido, de ouvir falar.

Um dos alvos preferidos de Caçapa era Maurício, o gerente da Refrigeração, seguido pelo Aílton, o supervisor, cujo Elias respondia diretamente.

__Quem quer a cabeça do Aílton e do Maurício? – gritava Caçapa levantando o copo.

Todos respondiam efusivamente, com gritos, batidas nas mesas, brindes que amassavam os copos descartáveis, derrubando a boa cerveja gelada no chão. Quando Caçapa terminava seus discursos, servia-se de uma garrafa com um líquido branco, parecendo leite e ia na direção de seus chegados. Num desses brindes, veio em minha direção, para que eu pudesse cumprimenta-lo, assim como estava fazendo com todos os colegas da Pré-montagem.

__Che, gosta de batida de coco? – perguntou-me oferecendo o tal copinho.

Não recusei. Era forte e adocicada. Caçapa tentava dizer algumas coisas, mas logo era puxado pelo braço por outros companheiros que queriam atenção. O festejo seguiu noite a dentro, mas eu precisei sair mais cedo: Soraia já havia dito que seu marido viraria a noite, chegaria bêbado feito um gambá, e que tinha uma nova fantasia de empregada para estrear comigo. Naquela noite, enquanto eu jantava Soraia, Gilson chegava em casa, arrastando-se, trançando as pernas. A princípio me assustei, mas dado o seu estado de embriagues, fiquei tranquilo e acabei comendo Soraia com ele do lado, em sua própria cama. Fiz questão de filmar e guardar no celular que mantinha apenas para receber as mensagens, ligações, fotos e vídeos sacanas da Soraia, e que ninguém mais conhecia, porque guardava na fábrica, e só sacava quando ia encontrá-la.

Duas semanas depois, saia um novo informativo do sindicato, com uma denúncia anônima que alegava que Aílton havia ofendido um colaborador, chamando-o de burro, na frente de dezenas de testemunhas. A fama de Aílton já não era das boas. Seu estilo de liderança ultrapassado era alvo constante de denúncias. Sua falta de respeito, seu desespero por metas, sua pressão por horas extas já pipocavam há algum tempo nas paredes da sede do sindicato. No final do mês de dezembro, na semana que sucedeu a do Natal, onde as vendas davam um leve refresco, a casa de Aílton caiu. Foi dispensado, levando um ponta pé no traseiro. Ali, pude perceber como os sindicalistas estavam organizados, reforçados pelos cipeiros, alimentados por um presidente altamente popular, que mantinha o país no cabresto, alcançava números recordes de economia, emprego, poder de compra e investimentos. Era um péssimo momento para ser chefe em uma empresa de sindicato forte. Era o momento do trabalhador, do peão de fábrica, do pedreiro, do preto, do gay, do pobre e excluído que por muito tempo havia ficado calado. Era hora de se organizar, de fazer greves, de lutar como nunca para arrancar o que pudéssemos dos patrões. Nossa hora, finalmente, havia chegado.

"É pelas próprias virtudes que se é mais bem castigado"

Friedrich Nietzsche

Eu estava na linha, como de costume, cravando o anel lockring, como rezava o nosso tradicional revezamento, quando Boca de Caçapa se aproximou de mim com um sorriso maroto, o velho palitinho na boca e a mão no saco, apertando os bagos.

__Eu preciso ir "no" banheiro dar um mijão. Você segura para mim enquanto isso?

Havia se tornado mania Boca de Caçapa se ausentar das máquinas para fazer politicagem, com a desculpa de que ia ao banheiro. Sobrava para eu ficar em seu lugar, já que o Morto, bem, era o Morto. Morto não havia se dado bem no revezamento, tinha dificuldades em aprender na Rivaltec. Na maioria das vezes deixava a linha parar, dava furo, comprometendo a produção. Caçapa, agora com estabilidade de dois anos, estava cada vez mais ansioso por saber quem seria nosso novo supervisor, já que a queda brusca de Aílton ainda estava fresca naquele início de 2006. O problema era que quando eu saia da prensa ou do lockring, alguém precisava ficar em meu lugar. Assim, treinei Tonho da Lua, com o aval do Elias, para ser aprendiz de operador em nossa ausência. Boca de Caçapa não havia demorado nem mais do que dez minutos e já retornara. Aproveitei para ir ao banheiro também, já que Da Lua havia dado conta muito bem do posto.

O Banheiro ficava embaixo do mezanino – parecia que propositadamente – ao lado da entrada dos gerentes e supervisores, que podiam guardar seus carros dentro da empresa, num estacionamento coberto. Nessa entrada havia uma sala de espera para visitantes, com um show room de todos os produtos produzidos pela Gela. O Rh também ficava ali próximo. O Rh, além da Metrologia e do Controle de Qualidade, eram as únicas áreas de apoio que ficavam no nível do chão de fábrica. As demais áreas administrativas, todas ficavam no mezanino, que percorria um quarto da extensão da área da fábrica, ocupando a mesmo espaço em comprimento que a Montagem 2 inteira, linha que ficava a sua frente.

Quando retornei, Boca de Caçapa veio ao meu encontro.

__O Elias está batendo cabeça atrás de você. Você foi no banheiro e ele chegou perguntando de você.

__O que será que ele quer? – perguntei imaginando que seria algum problema com a qualidade do produto.

__Deve ser cagada – finalizou Boca de Caçapa com um ar preocupado.

Apesar de suas intenções politiqueiras na empresa, Boca de Caçapa era um colaborador comprometido. Não com política da empresa, nem com a qualidade e nem com a produção, mas consigo mesmo. Boca de Caçapa não admitia falhas com seu produto, não admitia perda de produção em seus turnos, nem sucata gerada pela nossa equipe. Admitir que errou seria o mesmo que admitir que era "ruim de trampo", e isso era contra seus princípios. Ser ruim de trampo num chão de fábrica é terrível para a reputação. O "ruim" faz com que toda a equipe se prejudique, de diversas formas. O ruim faz com que o chefe fique mais tempo no setor, faz com que os auditores de qualidade peguem mais tempo no pé, rondem mais a linha, com que a qualidade audite mais produtos, aumentando a possibilidade de pegarem uma cagada. O ruim, por não saber trabalhar conforme as normas do setor, corre mais risco de se machucar. Quando um ruim se machuca, criam-se novos EPI's, que mais atrapalham na operação do que ajudam na segurança. O ruim faz com que a empresa esteja o tempo todo em mudança, em aperfeiçoamento, o que é o pesadelo de todo peão de fábrica. Peão de fábrica adora rotina, principalmente quando conhece os macetes, quando aprende a encurtar os caminhos. Tirar uma ferramenta do lugar, arrastar a bancada trinta centímetros, alterar o horário da refeição de um colaborador de chão de fábrica é mexer em vespeiro.

Um dos macetes do Boca de Caçapa era descer peças no chão. Quando a linha estava devagar por algum motivo, seja por falta de peças, problemas com a qualidade, as linhas de montagem parando por um ou outro motivo, Boca de Caçapa descia peças no chão, criando assim um pequeno estoque particular com o intuito de parar mais cedo. Com as peças prontas no final do turno, ele só tinha o trabalho de subi-las na linha, ganhando tempo para um bate papo aqui e acolá. Quando não estava a fim de trabalhar, Boca de Caçapa arrumava um jeito de "jampear" algum sensor, estourar alguma correia da esteira, quebrar uma punção qualquer, só para dar trabalho para a manutenção e parar um pouco para conversar, andar, coçar o saco. Com cinco anos de casa, Caçapa era o mais velho da turma, junto com o próprio Elias. Era um sobrevivente. Gabava-se por nunca ter faltado, nunca ter perdido um dia de trabalho, o que era extremamente importante numa equipe. Quando um colaborador faltava, toda a equipe era prejudicada. O Elias morria de dor de cabeça com faltas, porque precisava sair mendigando entre os outros Técnicos por uma mão-de-obra emprestada. Quando essa mão-de-obra chegava na linha, normalmente vinha com má vontade, sem saber as funções, atrapalhando no revezamento da equipe. Uma mão-de-obra emprestada de outro setor, em geral, acabava ficando encostada o dia todo num posto fixo, normalmente no mais fácil, causando estresse no restante do grupo, que perdia sua única oportunidade de dar uma respirada durante uma horinha por dia.

O posto mais tranquilo da pré-montagem era o de Spider, ou o "Fora", como chamávamos o colaborador que estava abastecendo a linha. O Fora era responsável por manter as bancadas com peças suficientes para a linha não parar, mas o que ocorria na prática era um exagero gigantesco: o Spider lotava as bancadas de peças e saía andar, ia ao banheiro, tomar café, bater perna em outros setores. Um bom Spider mantinha a linha com peças suficientes para uma hora de trabalho, revezava com os companheiros para irem ao banheiro, buscava água em copinhos descartáveis e estava sempre pronto para ficar alguns minutos em qualquer posto, caso o Elias precisasse.

Naquele dia, Da Lua era o Spider quando o Elias me chamou.

__Fica no lugar do Chê, que eu preciso falar com ele – dirigiu-se Elias ao Da Lua, que prontamente atendeu.

Elias caminhou rapidamente na direção do Show Room, indicando que eu deveria segui-lo. Com suas pernas longas, suas passadas largas deslizavam rapidamente pelo corredor, obrigando-me a dar uma leve corridinha intermitente para não perdê-lo de vista entre as caixas, gabinetes, carrinhos e bancadas. Elias abriu a porta que dava para o Show Room, e logo uma lembrança do Boca de Caçapa me veio à mente, perguntando certa vez ao Morto "onde ele daria se saísse por aquela porta". À esquerda da porta, ficava uma escada em caracol, que acabava na entrada do mezanino.

Por dentro, o mezanino era uma imponente estrutura pomposa que lembrava a entrada de um hotel de luxo, só que com mesas espalhadas por todos os lados. Seus setores eram divididos por biombos com motivos dos produtos fabricados na própria empresa. Ali, os setores se integravam, se confundiam e se separavam conforme se avançava. Um cheiro forte e acolhedor de café conferia ao gigantesco escritório um toque de requinte e conforto. Parecia o lugar ideal para passar um dia frio, lendo um bom livro e bebendo um cappuccino quentinho. De lá, era possível enxergar todo o chão de fábrica, através do enorme vidro transparente que o cercava.

No meio do corredor, Elias parou, olhou pelo vidro, apontou para a pré-montagem e levou as mãos à cabeça.

__Que bosta – disse Elias com a expressão carregada, diferente do que costumava aparentar "lá embaixo".

__ O que foi? – perguntei de forma inocente.

__Aquela linha tá parada de novo.

E estava mesmo. Dali, o enorme sinalizador vermelho piscava no elevado poste da Pré-montagem. Elias ficou parado ali, naquela posição, coçando a cabeça, respirando forte como um touro bravo, por dois ou três minutos, até que a lâmpada finalmente se apagou. Quando ele voltou a caminhar, entrou numa sala de reuniões, com uma mesa ovalada de cinco ou seis metros, arrodeada por cadeiras giratórias. O ar condicionado da sala devia estar próximo do zero. Meu corpo se arrepiou por inteiro quando pisei ali dentro. Uma onda de ar frio percorreu por toda a extensão do meu corpo, penetrando pelas minhas narinas e congelando os meus pulmões. Ao notar a presença do Maurício, gerente de produção, quase tive um enfarte.

__Tudo bem, Luciano? – estendeu-me a mão o homem de um metro e oitenta, que ostentava um bigode fino e bem desenhado no rosto, mulato, magro, de fala mansa, mas muito ligeira, enquanto se levantava da cadeira da cabeceira da mesa.

__Estou bem, "seu" Maurício, e o senhor? – devolvi o cumprimento meio sem jeito.

__E o Ignácio, está mamando bem? Está gordinho? – perguntou-me do meu filho, causando-me um pouco de espanto. Como ele sabia?

__Está bem, graças a Deus – disse, quase engolindo a palavra "Deus" no auge do meu nervosismo.

__Sit down, fique à vontade. Quer um café? – ofereceu-me enquanto voltava a se acomodar na cadeira, a única dali com encosto para os braços.

__Não, obri...- Mal tive tempo de responder e Maurício já se virava para Elias.

__E o número?

__Dez negativos – responder Elias de bate pronto.

__Vai recuperar?

__Até o final do turno a gente recupera – voltou a responder secamente.

__Great.

__E o embalado? – foi a vez de Elias perguntar.

__Estamos fodidos – respondeu Maurício enquanto sacava o celular do bolso. Alguns segundos depois, alguém do outro lado da linha dava algum tipo de desculpa enquanto Maurício lhe comia o fígado.

__Só isso? Sei... Isso não é desculpa, dê nó na pica... Coloca mais gente na cabine... Reveza o horário de Janta... Já marca hora extra no sábado e no domingo... Ok... "This weekend" Maurício desligou o celular e voltou-se para Elias.

__Esse João é ruim de demais. Vou ter que mandar embora logo, logo. Não embalou nem trezentos produtos, já vai dar sete horas da noite, vamos ter que virar sábado e domingo "again".

O João, a quem Maurício se referia, era o João Cagada, Técnico responsável pelo setor de Testes e Embalagem.

A Embalagem era o setor onde era contabilizada a produção final. Era a meta do Gerente. Eu não sabia ao certo quanto era a meta de embalados por dia, pois não me interessava pelo assunto. Sabia apenas a meta da Pré-montagem, e para mim já era o suficiente.

Maurício nem bem desligara o celular e uma chamada o fez voltar a atenção novamente para o aparelho. Desta vez, o identificador da chamada o fez saltar da cadeira, com o susto.

__Oi, Geraldo... Sim... Não... Sim... Sim... Eu sei, mas... Entendo... É que... O embalado é o seguinte... Entendi, vou fazer o possí...

Maurício havia se sentado novamente, meneando a cabeça preocupado, com cara de quem acabava de ficar no vácuo de uma ligação interrompida pelo outro lado da linha. Sua expressão havia mudado drasticamente. Olhou fixamente por algum tempo para o celular, até voltar a levantar.

__Elias, vou lá na embalagem. O Geraldo está com acesso remoto agora, ele acompanha o número da casa dele, de lá do México, 'son of a bitch'... Se vira aí com o rapaz, o que você decidir, estará decidido. Preciso fazer essa merda rodar, senão meu rabo é que vai ficar na reta. A papelada está aqui.

E saiu, apressado, deixando alguns papéis sobre a mesa, no lugar onde estivera sentado ainda há pouco. Elias levantou-se do seu lugar e sentou-se na cadeira que Maurício estava sentado, pegando para si os papéis. Por um breve período de tempo, manteve seu olhar fixo nos papéis, até levantar a sobrancelha, com a expressão petrificada para o meu lado.

__Luciano, é o seguinte. Eu não sei se você já sabe. Se não sabe, deve pelo menos suspeitar que a Gela é uma empresa gigantesca, espalhada por toda a América Latina, do Chile ao Canadá. Enfim, é uma empresa que está chegando agora ao Brasil e que quer expandir cada vez mais seus negócios.

__Sim, eu sei – disse, para manter o papo e deixar claro que estava ali.

__O fato é que a empresa está passando por grandes modificações, e vai passar ainda mais de agora em diante...

__Uhum...

__Desde que o Aílton saiu, a vaga de Supervisor ficou "em aberto". Semana passada, o Maurício me chamou e me ofereceu a vaga. A partir da semana que vem, eu passo a responder pela refrigeração no segundo turno.

__Sei... Parabéns – disse sem entender o que aquilo tinha a ver comigo.

__Assim, minha vaga vai ficar desocupada. Eu gostaria de saber se você está interessado na vaga de Técnico de Produção da Pré-montagem no segundo turno.

__Eu?

__Sim, você. Eu estou aqui com o seu currículo, eu sei que você já teve uma experiência anterior com qualidade, você está fazendo faculdade, é um cara inteligente, sabe se expressar bem, tem curso de Inglês, os outros colaboradores gostam de você.

De fato, eu sentia o bigode de Nietzsche roçar no meu cangote enquanto Elias babava nos meus ovos. "É pelas próprias virtudes que se é mais bem castigado", pensava enquanto ele falava. Durante aquele breve momento em que Elias exaltava minhas qualidades, fiquei remoendo o que ele acabara de me oferecer. Um cargo de chefia, numa multinacional, responsável por uma área crítica da empresa, num momento de expansão. Era bucha.

Pensei em interrompê-lo, sair dali, recusar de cara. Nunca na minha vida havia pensado em jogar no time da empresa, em ser feitor do patronato, cão de caça da burguesia, braço armado do capitalismo, dedo duro de plantão. A fama que os Técnicos de Produção tinham na Gela não era das boas.

Os Técnicos de produção viviam na corda bamba. Tinham que entregar metas de produção de hora em hora, viviam estressados, cansados, perseguidos pelos cipeiros, pelos sindicalistas, pelos auditores da qualidade, pelos Técnicos de Segurança do Trabalho, pelo RH e, sobretudo, pelos supervisores e gerentes. Não havia a menor possibilidade de eu aceitar um cargo como aquele. Eu fazia faculdade porque era de graça, era pontual e comprometido porque não queria ser visto como o ruim da linha, não faltava porque o desconto de falta incluía o descanso semanal remunerado, era uma fortuna.

__Caso você aceite, o salário é este.

Elias escreveu um número num pedaço de papel e o empurrou na minha direção, deslizando um pequeno quadrado amarelo de rascunho sobre a superfície lisa da mesa.

__Puta que o pariu! – soltei sem poder me conter.

__Eu também quase caí de costas.

__Quando é que eu começo?

__Depois das suas férias eu te anuncio.

O tempo havia passado tão depressa que eu nem havia percebido que já se passava um ano que eu estava na Gela. Minhas primeiras férias seriam de vinte dias, a empresa fez questão de comprar os outros dez dias os quais eu tinha direito. Além do meu currículo mentiroso, Elias tinha em mãos meu aviso de férias, que eu deveria assinar e dois livros. Um deles azul, o outro branco, quase bege.

__E tem outra coisa. Faz a barba, corta o cabelo, camisa por dentro da calça e compra um celular. Quando você retornar de férias vai ter de estar apresentável. Você vai ter contato direto com gerentes, supervisores, pessoal do administrativo. Precisa estar apresentável. Nada de camisa de banda de rock, nada de símbolo anarquista. Agora você vai fazer parte da liderança da empresa, e como líder, você tem que dar o exemplo. Isso aqui é para você ler nas suas férias. Aproveita que vão pedir na faculdade e já adianta a leitura.

Quando voltei para a linha, minha cabeça estava um turbilhão. Os colegas, naturalmente, esperavam-me com ar de zombaria, acreditando piamente que eu havia levado uma enrabada das grandes. Para manter as aparências, confirmei suas suspeitas, dizendo que eu havia mandando umas caixas com vazamento no anel no meu horário de revezamento.

Um dos livros que Elias me dera se chamava "Quem mexeu no meu queijo". O outro, "O Monge e o Executivo". Levei para casa, guardei na estante e, evidentemente, esqueci-os por lá empoeirando.

Na segunda-feira, sai de férias. Com o bolso cheio, um cartão de crédito novinho e um limite de cheque especial sem fim, levei Cherry para viajar, aproveitando o bom humor da mãe dela para cuidar do Ignácio.

Minha mãe havia saído de casa. Fora morar com meu irmão, que não tinha filhos pequenos – sua filha, Juliana tinha vinte e dois anos e fazia intercâmbio no Canadá – por causa de suas brigas constantes com Cherry. O humor de Cherry havia melhorado sensivelmente com a casa só para nós. Ela havia feito mudança nos móveis, arrastado racks, guarda roupas, camas, armários. Seu pai havia dado uma demão de tinta nas paredes, consertado alguns vazamentos, reformado o banheiro, tarefas para homens brutos. Quando lhe falei sobre o aumento e a promoção, ela deu alguns pulinhos de alegria, coisa que há muito não fazia.

Nossas férias foram em Porto Seguro, na Bahia. Cherry e eu nunca havíamos voado antes. Aproveitamos os preços das passagens em conta e fizemos uma visitinha às areias onde Cabral pôs os pés pela primeira vez no Brasil. Cherry parecia uma criança se lambuzando com doce. Maravilhou-se com as cores dos recifes de corais, com as falésias de Trancoso e de Arraial D'Ajuda, comprou bugigangas de indígenas no centro histórico, tirou fotos com as namoradeiras, teve diarreia com um acarajé "quente". Por um breve período de tempo, pensei em Soraia e tive uma crise de consciência, ao ver o sorriso languido de Cherry, parecendo uma criança num parque de diversões, feliz após um casamento forçado em prol de uma criança inocente pela primeira vez.

De volta a São Paulo, entreguei-me de vez aos braços do aburguesamento. A pedido de Cherry, que estava cansada de minhas manias anacrônicas de esquerdista, pobre e ranzinza, fui ao Shopping, pela primeira vez na vida. Motivo: comprar roupas burguesas, renovar o guarda-roupa, trocar o preto monocromático roto por algum símbolo do consumo mundial. Antes, porém, fiz algo inesperado. Cortei a cabeleira, que já lambia meus ombros há algum tempo.

__Tem que procurar um gay – dizia Cherry. "Cabeleireiro bom é cabeleireiro viado".

O veadinho era de fato bom. Cortou meu cabelo com destreza, deixando um topete proeminente, um par de costeletas apresentáveis, aparando derradeiramente os pelos neandertais do meu rosto carnudo. Quase não me reconheci. Parecia Johnny Depp no papel do policial disfarçado de gângster para ferrar com o Al Pacino. Para completar meu aburguesamento, fui às compras. Camisas Polo e Ralph Lauren, cuecas Calvin Klein, bermudas da Lacoste, sapatos Democrata, calças Lee, tênis Nike e New Balance. Comprei sem culpa, sem medo de ser feliz. Afinal de contas, comemorava uma belíssima promoção. De pirata do Caribe, havia sido promovido a gângster. Empoderado, endinheirado e, de acordo com o meigo cabeleireiro, um gatinho. Cherry não me deu folga nos próximos dias. Estava mais excitada do que nunca, em todos os sentidos. Casa reformada, mobília nova, férias em Trancoso, guarda-roupa novo e acima de tudo, um marido novo que a bancasse. Cherry gostava de dinheiro, acima de tudo. Eu não a culpava mais por isso. Ser socialista com o dinheiro dos outros era fácil.

Fazer revolução comunista quando não se tem um tostão é cômodo. Difícil é socializar quando se tem um cartão de crédito aceito até na padaria da esquina. A burguesia fedia, de fato. Mas tinha, sim, de acordo com o filósofo popular, dinheiro para comprar perfume. E perfume francês.

Minha triunfante entrada no palácio burguês não estaria completa se eu não comesse um Big Mac. Comi. E detestei, diga-se de passagem. Senti-me como Michael Douglas no filme "Um dia de Fúria". Enganado por uma propaganda de um lanchão sarado, bombado, de responsa. Para minha sorte, havia uma churrascaria disponível no Shopping, e me servi de uma bela picanha regada a muito chope gelado, enquanto Cherry mordiscava salada para caber nas roupas novas. Desandando, contudo, em um suculento petit gateou com häagen dazs de sobremesa.

Meu primeiro dia como Técnico foi curioso. Para começar, ninguém me reconheceu quando eu entrei pela portaria, pelos corredores do chão de fábrica. De camisa por dentro da calça, cabelo cortado, barba feita, sapato e roupas de marca, alguém achou que eu fosse um funcionário novo do escritório perdido no meio da produção. Tonho da Lua foi o primeiro a me reconhecer. "Tá parecendo o Elvis Presley", chegou a comentar sarcasticamente. Elias, como de costume, já havia chegado na linha para a troca de turno característica com o Técnico da Manhã, e após um breve papo com ele, arrastou-me novamente até o mezanino.

À Mesa de reuniões do mezanino, além de Maurício, Elias e eu, estava João Cagada, Técnico de Testes e Embalagem, Ruim, Técnico da Montagem 1, Davi Técnico dos Tambores de Portas e Valdeco, Técnico da Montagem 2. Para minha surpresa, Morto também estava na reunião. Quem tomou a palavra foi Maurício.

__Como vocês todos sabem, a gente está aqui hoje para anunciar para toda a refrigeração a nova liderança no chão de fábrica do segundo turno. Todos vocês já se conhecem? Se não se conhecem, vão se conhecer agora.

Maurício começou apresentando João Cagada, e anunciando que ele passaria a responder pela Montagem 1, linha que recebia produtos da Pré-montagem 1, área que eu iria atuar, e que, portanto, João Cagada seria meu cliente interno direto. Ruim, apelido de Rui, passaria a ser o novo responsável pelas áreas de Testes e Embalagem no lugar de João Cagada, que pelo visto, havia recebido uma segunda chance. Os demais Técnicos permaneceriam em suas áreas de atuação. Elias, como previsto, havia sido anunciado como o novo Supervisor. Em seu lugar, dois outros Técnicos foram anunciados, já que Elias acumulava as duas pré-montagens: Eu, na Pré-montagem 1 e Márcio, o Morto, na Pré-montagem 2.

Tonho da Lua havia sido promovido para operador no meu lugar e Rolón assumiu a vaga do Morto. A promoção de Morto fez com que eu me questionasse internamente sobre a estratégia do Elias em promove-lo. Morto era ruim de trampo, não merecia uma promoção. Tirá-lo da linha, por outro lado, era melhor para a linha, o fluxo iria melhorar. Mas e quanto ao exemplo que isso daria aos demais colaboradores? Isso fez com que eu questionasse a minha própria promoção. Estaria eu sendo tirado da linha para, a exemplo do que eu imaginava estar acontecendo com o Morto, cair para cima? Maurício continuava suas considerações, mas desta vez havia mudado de tom.

__Eu não quero ver ninguém sem EPI na linha. Se eu pegar, vou dar advertência na hora. Também não quero gritaria, "seles" de DVD pirata, de trufa, salgadinho, lanche, nada. E quero foco total na produção. Linha parada "is the death"! Quero a linha voando baixo. Quero meta custe o que custar. Também não quero ver colaborador enrolando, saindo do setor, dando "migué". A área de vocês é o espelho da sua liderança. Nosso lema é Produção, Produção, e Produção. Se possível, com qualidade e segurança.

__E quanto aos cipeiros? – questionou João Cagada quando Maurício parou para respirar.

__O que tem eles? – indagou Maurício.

__Eles estão organizados. Estão se aliando aos sindicalistas. Eu ando ouvindo burburinho – respondeu João.

__No problem, deixe que eles se organizem. Nós temos que focar no nosso "Job". Função de cipeiro é auxiliar na segurança, não se organizar com sindicalistas. Vamos focar, focar.

Desta vez foi Davi das Portas quem tomou a palavra.

__Maurício, eu concordo com o João. O Gilson, vira e mexe, está de papo com o Hélio, empilhadeirista, que é cipeiro velho de casa. Agora o tal do Boca de Caçapa que foi eleito na Pré-montagem 1 não sai do Tambor de Portas, não sai do ouvido do Gilson com informação.

Mais uma vez Maurício divagou. Apenas Elias mostrou-se preocupado com as interrupções e os anseios dos Técnicos.

Naquela reunião, uma novidade foi apresentada. Um rádio preto foi entregue a cada um dos presentes para agilizar a comunicação. Bastava apertar um botão e chamar que o outro respondia no mesmo instante, estivesse onde estivesse, dentro de um raio de até um quilômetro. Quando a reunião havia terminado, Maurício desceu conosco até o chão de fábrica. Setor por setor, nos conduziu pela refrigeração, parando linha por linha por cerca de cinco ou seis minutos sempre com fala rápida de discurso pronto.

__A partir de hoje, Luciano é o novo Técnico da Pré-montagem 1. Ele responderá pela área diretamente para o Elias, que responderá pela refrigeração. Ele tem o meu respaldo para atuar conforme as normas da empresa, de acordo com os padrões de qualidade e segurança. É o novo chefe de vocês. Ele vai responder pelo desempenho de cada um aqui, e vai trabalhar com o rigor necessário para garantir que tudo saia nos conformes, para que não haja "perca" na produção, acidente e sucata. Nosso lema aqui é Segurança em primeiro lugar, Qualidade em segundo e se possível, produção. E assim ia com seu discurso pronto, seu português sofrível, suas pinceladas de estrangeirismo a cada frase. Maurício, para muitos, era a imagem de um homem vencedor, realizado, que chegara até o auge de sua carreira. Gerente de uma multinacional, respeitado, temido, possivelmente desejável por uma ou outra jovem desavisada e com baixa autoestima. Para mim, era um idiota, um fanfarrão que havia dado certo de tanto mamar no saco de seus superiores.

Só Cagada!

"Dê o poder ao homem, e descobrirá quem ele realmente é".

Nicolau Maquiavel

__QAP, Luciano? – ouvi na porcaria do rádio comunicador. Segurei o rádio conforme o curso intensivo de uma frase que Elias havia me dado sobre como utilizar aquela porcaria: "segura esse botão enquanto fala, solte para ouvir". Segurei e respondi.

__Prossiga – disse meio desajeitado.

__Por que a linha 1 está parada? – Disse uma voz que mais me lembrava uma lata vazia quando cai no chão azulejado. Era o Maurício.

Olhei para a porra do poste e lá estava a luz piscando, em vermelho. Corri até a "ponta da linha", na Rivaletc. Não havia ninguém na máquina. Olhei para um lado, para o outro, nada de Boca de Caçapa. Fui até a preparação de caixas, falei com o Da Lua, ele havia me dito que Caçapa havia ido até o Tambor de Portas. Saí dos domínios da pré-montagem e percorri o corredor longo, que ligava a pré-montagem 1 à linha de montagem 1. Em frente a linha, lá estava Boca de Caçapa, no Tambor de Portas, com a mão no saco, conversando com o Gilson. Caçapa me avistou de longe, mas antes que eu o abordasse, fui barrado por um sujeito de uniforme branco, óculos fundo de garrafa, com uma prancheta nas mãos, onde um paquímetro digital mitutoyo repousava.

__Você é o novo Líder da Pré 1? – perguntou-me o sujeito de estatura mediana, cabelos pretos lisos, bem curtos, rosto quadrado e queixo proeminente. Era o Clark Kent, da Qualidade.

__Sou o Luciano – respondi secamente, enquanto procurava Boca de Caçapa com olhos, e já percebendo que ele havia desaparecido.

__Por favor, eu preciso que você dê uma olhada em uns produtos que estão saindo da sua linha – disse-me Clark.

__Pois não – respondi e o segui até a linha de nível, onde ele se dirigiu com passadas rápidas.

Na linha de nível, havia poucos produtos. Clark Kent deslizava suavemente suas mãos pelas laterais, topos e travessas, parecendo acariciar um corpo de mulher.

__Tá vendo isso aqui? – dizia Clark Kent.

__O quê ?– esforçava-me para acompanhar seu raciocínio.

__É um vinco.

__Um o quê?

__Vinco. Parece um calombinho, como se tivesse um dedinho querendo sair pra fora do produto, empurrando a superfície na lateral.

__Como é que é? – perguntei cético sem entender nem enxergar porra nenhuma do que aquele cara estava querendo mostrar.

Enquanto Clark Kent tentava me convencer que havia algum problema com aquelas laterais, ouvi meu nome no rádio novamente.

__Prossiga – respondi.

__Qual o seu QTH? – perguntou uma voz anasalada do outro lado da linha.

__O meu o quê? – perguntei de volta sem entender.

__Ele quer saber onde você está – ajudou-me Clark Kent, que era familiarizado com as gírias de rádio.

__Estou na linha de nível 1 – respondi. Nem bem respondi e João Cagada já aparecia com passadas largas, desesperado em minha direção.

__Porra, Che Guevara! Só cagada! Aonde quer que eu olhe eu só vejo cagada vindo da sua linha.

Vazamento, vinco, contaminação, falha de pintura. Fora os buracos da linha. Essa merda toda vai chegar no Estético e vai virar tudo pra cabine de pintura. O Maurício vai comer nosso rabo com força se você não parar de me mandar merda.

__Eu falei pra ele do vinco – disse Clark Kent.

__Pode ser molde – rebateu João Cagada.

__E o vazamento? – Perguntou-me Clark Kent, confundindo-me mais ainda.

__O vazamento é...

__Com licença? – disse uma voz batendo no meu ombro esquerdo. Virei-me para olhar quem era e quase vomitei de nojo com o cheiro de fumo que exalava Esqueleto, o técnico de segurança.

__É você o Luciano, não é mesmo? O novo Técnico da Pré 1?

__Sou sim – respondi já me arrependendo de ter aceitado aquela bucha.

__É que tem um colaborador "seu", na linha, sem óculos. Você poderia chamar a atenção dele, por gentileza? É perigoso. Vai que acontece de escapar um parafuso, um rebite, estourar uma mangueira dessas de ar comprimido, não é mesmo? O acidente a gente nunca sabe quando pode ocorrer. Tem algum cipeiro na sua área? "Cipeiro", pensei. Boca de Caçapa. Pré-montagem, botão vermelho, linha parada. Abandonei aquele bando de malucos que não falavam coisa com coisa e sai correndo para a Pré-montagem. Ouvi minha voz sendo chamada no rádio novamente, e reconheci a taquara rachada bigoduda novamente me chamando. Saquei o rádio da cintura no exato momento em que parei em frente ao reloginho da Rivaltec.

O reloginho era na verdade um contador digital ligado a um sensor de presença. Toda vez que o operador colocava um conjunto de laterais e topo na máquina, cravava e apertava os botões bimanuais, o robô era acionado, segurava a peça com um conjunto de ventosas num sistema de ar comprimido e transportava o conjunto até a esteira, passando em frente ao sensor ligado ao relógio. Quando o robô terminava esse ciclo, o contador marcava um a mais na contagem. Ali era o ponto crítico onde o Elias mais visitava. Ali era onde tudo começava. O reloginho mostrava o andamento da produção. Meu trabalho era garantir que, de hora em hora, aquele relógio marcasse 65 produtos a mais. Olhei para o poste, o botão de emergência estava desligado. Boca de Caçapa, matreiramente, colocava uma lateral após a outra na máquina, como se nada tivesse acontecido.

__Prossiga – disse finalmente.

__Como está o número? – perguntou a voz. Dei uma olhadela rápida no relógio contador.

__Perdemos dez na primeira hora – respondi.

__Por que motivo? – insistiu o bigodudo.

Eu não fazia a menor ideia do que responder. Boca de Caçapa havia abandonado a máquina, e por esse motivo a linha havia parado. Eu olhava fixamente para ele, que fingia nem me ver ali, mas que havia ouvido a pergunta no rádio e sem dúvida, estava tão ansioso quanto Maurício pela resposta.

__Estamos com problemas nas laterais metálicas. Algumas estão vindo com vinco, outras com falhas na pintura – respondi de improviso.

__TKS – disse a voz do outro lado sinalizando que aquela conversa havia terminado por enquanto. O silêncio do rádio me tranquilizou por alguns minutos, até que João Cagada apontou no corredor me procurando. De longe percebi seu desespero, e lembrei-me da porcaria do vazamento. Corri para a espumação de gabinetes, aproveitando que ficava do lado oposto de onde João Cagada vinha. Ao chegar lá, conversei com Laerte, operador da área.

Laerte era um magricela de óculos, rosto fino, cabelos castanhos lisos, com cara de nerd. Vivia sujo, porque o seu trabalho era assim. Lidar com poliuretano, fazer trocas de moldes – ou os setups, como dizia Mauricio – mexer com graxa para lubrificar os cabeçotes era um trabalho sujo, mas que lhe conferia o status de Operador Especializado. Perguntei-lhe sobre o vazamento. Ele logo se esquivou.

__É falha de vedação. Aqui a quantidade de Isocianato e Poliol está correta. A dosagem é feita pelo sistema para cada tipo de produto. A temperatura pode fazer com que haja variação, mas o problema é da linha.

Ou seja, o problema era meu. Voltei pra linha, e no caminho encontrei João Cagada.

__E aí, já consertou a cagada?

__Sim, fique tranquilo. Acabei de encontrar com o Laerte. Ele me disse que o problema vai ser resolvido.

__Até que enfim. Se continuar assim o embalado de hoje vai ser uma bosta – finalizou João Cagada, saindo resmungando em direção à Montagem.

Nem bem João cagada havia saído da minha bota e Esqueleto já vinha ao meu encontro com uma expressão fúnebre.

__Cara, cagada. Você precisa vir comigo.

E disparou a andar rumo à enfermaria, seguindo pingos de sangue que haviam ficado pelo caminho.

A enfermaria ficava ao lado do RH. Chegando lá, eis que Maconha estava com o dedo sangrando, sendo atendido pela Maria, uma enfermeira negra, gorda, de um metro e oitenta.

__Como foi que isso aconteceu? – perguntei.

__Vedando a base metálica – respondeu Maconha.

__Sem luva – disparou Esqueleto. A base metálica do produto era uma peça de alumínio também conhecida como "dog house", nas palavras do Maurício. Era uma estrutura em forma de "w" fixada no conjunto de laterais, na parte inferior do produto, para comportar o compressor. Era fina e muito cortante, extremamente perigosa de se manusear sem uma luva adequada.

__QAP Luciano? – disse novamente a voz de Maurício me chamando no rádio. Atendi, e novamente ele me questionava sobre a linha parada. Dessa vez, era culpa do acidente do Maconha. Ali, percebi que acidentes eram péssimos para a produção, pois tiravam o colaborador da linha.

__Vai ter que mandar pro pronto socorro para dar ponto. Aqui a gente não faz sutura – disse Maria. E lá se foi uma mão-de-obra.

Felizmente, mão-de-obra não era o problema para mim. Eu tinha, ao todo, trinta e dois colaboradores na minha equipe. Doze na preparação de caixas, três na espumação de gabinetes, quinze na preparação de gabinetes e mais dois abastecedores, que traziam peças do picking até os spiders: dois nas caixas, dois na linha de gabinetes. Quando faltava mão-de-obra, ou quando alguém precisava sair numa emergência, Elias costumava usar um spider no lugar, deixando a linha completa. Foi o que fiz com a saída do Maconha para a linha voltar a andar.

__QAP Luciano? – ouvi novamente, mas dessa vez não reconheci a voz.

__Prossiga – respondi.

__Dá um pulo aqui na Rivaltec

E lá fui eu em direção à Rivaltec. Quando cheguei, um gordinho careca estava ao lado do Boca de Caçapa com uma lateral nas mãos, olhando, tateando, massageando a peça metálica. Boca de Caçapa alternava seu tempo dando atenção ao gordinho e à máquina, para evitar que a linha parasse.

__Prazer, sou o Marcão. Eu ouvi no rádio que você está parando a linha por problema nas laterais, é isso mesmo?

Marcão era o supervisor da pintura. Era engenheiro Químico, manjava tudo de tratamento de superfície, pintura a pó, e toda essa porcariada técnica que eu queria distância.

__É verdade – respondi inocentemente.

__Mas as laterais que eu estou vendo aqui estão boas. Estou aqui faz uns cinco minutos, e o carrinho que eu inspecionei está ótimo – rebateu Marcão com ar de quem sabia o que estava dizendo.

__Posso continuar socando o pau? – perguntou-lhe Boca de Caçapa.

__Pode. Essas laterais estão excelentes – respondeu Marcão.

__QAP Marcão? – ouvimos ambos em nossos rádios.

__Prossiga – respondeu Marcão.

__Qual o seu QTH? – perguntou a voz

__Rivaltec – respondeu Marcão.

__Dá um 'X' aí que eu já tô chegando – concluiu a voz.

Um minuto depois, Clark Kent chegava até nós carregando um produto num carrinho armazém.

__Marcão, eu tô com um probleminha nesse produto aqui. Dá uma olhada nessa lateral. Tá com falha de pintura – Disse Kent. Marcão olhou o produto com cuidado, resmungou aqui e ali, alisou e soltou:

__Eu não estou enxergando nada.

__Como não? – disse Clark Kent.

__Caçapa, você identificou alguma lateral fora do especificado ou com falha na pintura? – perguntou Marcão.

__Só de passar a mão eu sinto que a bitola está dentro – respondeu Caçapa.

__Mas o medidor está acusando um desvio de meio milímetro – rebateu Clark Kent.

__Meio? Soca o pau – insistiu Marcão.

__Não dá, isso aí vai dar funilaria. É visual, vai desviar tudo no Estético – insistiu Clark Kent.

__O Maurício vai mandar deitar o cabelo. Vai por mim – finalizou Marcão.

__Mas e o Kamban da pintura, como está? – perguntou Clark.

__Está filé. Isso aí foi um caso isolado. Pode ver que é uma ou outra, e quase não dá pra perceber. Mas de qualquer forma, eu vou separar um grupo de peças que eu tenho segregadas lá na pintura, só coisa boa, e vou mandar pra cá.

Nem com aquilo, Clark Kent se deu por vencido. E ainda assim deixou claro que era para o Boca de Caçapa separar as laterais ou topos que estivessem naquela condição, apenas pelo visual. Aquela seleção, aos poucos, foi parando a linha. Caçapa não dava conta de separar laterais com um defeito tão sutil e dar produção ao mesmo tempo.

Com toda aquela correria, não tive tempo de estudar o problema do vazamento. Decidi então voltar minha atenção para a linha de pré-montagem, onde a vedação ocorria de fato. Por alguns minutos, fiquei olhando os colaboradores, colegas de linha, trabalharem. Era interessante a forma como me olhavam agora. Era um misto de admiração com inveja, um pouco de medo, um respeito velado, quase palpável. Percebi que alguns se incomodavam com minha presença constante. Durante minha presença ali, a linha não parou. Os vazamentos, de uma hora para outra, cessaram. Alguma coisa me dizia que minha presença na linha, de alguma forma, poderia inibir algum ato de má fé, como vedar com desleixo ou até mandar um produto para frente sem vedar, só para ganhar tempo.

__QAP Luciano? – era o maldito rádio novamente.

__Prossiga – soltei bufando, deixando claro que estava ficando de saco cheio daquela merda de rádio a todo o momento.

__Faz um favor de vir aqui na Rivaltec – disse a voz.

Dessa vez era Murilo, o chefe da manutenção. Um sujeito baixo, atarracado, junto de um mecânico e um eletricista que eu só conhecia de vista. Eles, juntamente com Boca de Caçapa, estavam parados, ao pé da máquina, que ostentava o poste com a luz vermelha intermitente, piscando feito um vaga-lume comunista.

__Meu jovem, é o seguinte. Seu funcionário quebrou a punção da máquina. Essa porra custa um barão. E foi cagada dele.

__Quebrou como? – olhei incrédulo para Boca de Caçapa.

__Essas porcarias dessas "lateral" repintadas que o Marcão mandou pra gente. Só dois pontos de cravamento não segura. Tive que colocar mais e com mais força.

As laterais com duas pinturas tinham uma camada mais espessa, pelo menos o dobro do que a matriz e a punção suportavam. Para a qualidade, não havia problema nenhum, pois o problema não era perceptível. Mas para a manutenção e para a produção, era problema na certa. Marcão, no auge da sua expertise, desovou todas as porcarias repintadas aproveitando que tinha o aval da qualidade. Com isso, livrou-se de dois problemas: as laterais com falha de pintura, e as laterais repintadas que possivelmente já haviam sido reprovadas em outras oportunidades. Com isso, socou no meu rabo: linha parada, máquina quebrada, e ainda arrumei confusão com a qualidade, a manutenção e o supervisor da Pintura. Felizmente, a troca levou apenas quinze minutos. No final da segunda hora, eu já estava com vinte e cinco produtos atrasados, um colaborador machucado, mil reais de prejuízo em manutenção. Com a saída de Maconha machucado, começou também a faltar peças para a linha. Um só spider não estava dando conta. Com isso, tive que dar uma forcinha na linha, para desespero do Elias.

__Luciano, é o seguinte. Eu não quero mais ver você na linha. Eu te promovi para ser Técnico, o Líder. Se você ficar bitolado com a cabeça enfiada nas peças, você não vai enxergar os problemas da área. Sua função é antecipar os problemas, estar um passo à frente para a linha não parar, dar suporte para seus colaboradores.

Elias, era na verdade o único com quem eu poderia contar ali. Experiente, já havia passado por tudo aquilo. Naquele dia, colei nele. Percebendo que eu estava a ponto de surtar, deixou a embalagem de lado para me auxiliar e ao Morto, que já havia ido chorar ao banheiro após a segunda mandiocada do Maurício. Posteriormente fiquei sabendo que o próprio Elias havia corrigido o problema do vazamento e que, tão logo os produtos bons começaram a chegar na embalagem, o fluxo de produtos melhorou e ele pôde nos auxiliar. Elias, que havido trocado o curso de Administração por Engenharia de Produção porque acreditava que em breve administradores seriam engolidos por engenheiros no chão de fábrica, foi me dando dicas, macetes de onde atacar os problemas na raiz.

Com o tempo, fui ganhando experiência, mas a rotina não mudava. Era pauleira o dia inteiro, a todo momento alguém chamando no rádio, ou na linha, na Manutenção, Qualidade, Segurança do Trabalho. A experiência não resolvia o problema no inferno, apenas ajudava a suportá-lo. Aos poucos, minha resiliência aumentava, mas eu pensava todos os dias em deixar aquela porcaria para trás. Só não o fazia porque não podia. Uma família dependia de mim. E a felicidade do meu casamento dependia do meu cartão de crédito pago em dia.

O Lean

"Os que vencem, não importa como vençam, nunca conquistam a vergonha".

Nico Maqui

Em meados de 2008, Maurício anunciou que a empresa passaria por um redesenho. De acordo com ele, tudo o que conhecíamos sobre o chão de fábrica e seus processos de produção seria revisto. Um pica grossa oriundo da Toyota chegaria ali e revolucionaria todos os processos, no intuito de melhorar drasticamente nossa forma de produzir refrigeradores. A empresa contrataria uma espécie de consultoria para implementar um programa chamado "Kaizen", ou "mudança para melhor". O Kaizen, na verdade – como quase todos os programas utilizados no chão de fábrica – era um programa de melhoria contínua, que visava melhorar a competitividade da empresa. Ele ensejava uma espécie de filosofia de vida oriental, e carrega consigo outros programas pendurados, como o tal do 5s, um conjunto de regras de utilização, padronização e organização. A princípio, ninguém deu muita importância para aquilo. Seria apenas mais um programinha meia boca que a empresa havia contratado. O Kaizen Zero, ou seja, o início do programa, foi uma série de palestras inocentes, jogos empresariais, treinamentos com foco em sinergia, e toda essa bobajada que empresário adora queimar dinheiro. O inocente Kaizen Zero, apenas ele, durou um ano. Em 2009 é que o bicho pegou. Serralheiros foram contratados, uma oficina de serralheira foi montada. Um grupo de melhoria contínua foi criado, com pintores, engenheiros, os serralheiros, técnicos de segurança, Rh, enfim, uma miscelânea de cargos dos mais baixos níveis até o Elias. A equipe serviria de suporte para quando o tal Japonês, chefe da consultoria, viesse visitar a empresa para implementar as mudanças, que até então, todos supunham inocentes.

No dia que o maldito Japonês pisou na fábrica, foi como uma bomba atômica. Nós entramos à tarde, como de costume, e as notícias eram desencontradas, extraordinárias, absurdas. Dizia-se que o Japonês já havia demitido dois supervisores, um gerente, três técnicos, e mais de sessenta colaboradores com suas mudanças desgraçadas.

__Como assim? – perguntei pro Elias, que estava na fábrica desde cedo porque fazia parte do grupo de melhoria do Japa.

__Não sei o que você ouviu, mas é tudo verdade. Tô de cabelo em pé com esse Japonês. Faz parte do contrato dele: ele demite a hora que quiser, quem achar que deve demitir, vira máquina de ponta cabeça, joga equipamento fora, faz o diabo – confirmou Elias.

O Japa mal havia pisado na fábrica e já estava causando um rebuliço. Elias contou-me que que ele passara pela área de Lavadoras, e demitira o supervisor e o Gerente de lá, porque eles foram contra uma ideia dele de layout. Quando passou pela Injeção Plástica, mandou que virassem uma máquina de frente para a outra, de maneira que apenas um colaborador operasse duas máquinas ao mesmo tempo. Resultado: o supervisor da área e metade do efetivo de lá também foi pra rua. Enquanto isso, novas bancadas eram montadas, com um material fornecido pelo próprio Japonês. Uma tecnologia chamada trilogiq.

Essas famigeradas bancadas eram montadas de maneira que se utilizasse a própria gravidade para o fluxo da linha, desligando equipamentos elétricos desnecessários, esteiras que mais consumiam energia. Faixas coloridas foram pintadas no chão, demarcando a área. O próprio chão onde pisávamos foi pintado. O velho chão de concreto deu lugar a um colorido vivo de bem demarcado entre as bancadas, corredores, carrinhos de trilogiq. Vasos de plantas foram espalhados pelo chão de fábrica. Máquina e equipamentos velhos foram, literalmente, jogados no lixo e substituídos conforme o gosto do Japonês.

O G4 só fora visitado pelo Japa na segunda semana de Kaizen. Lá, Maurício seria o anfitrião.

Para minha surpresa, o Maurício, que vivia utilizando estrangeirismos, possuía um Inglês péssimo. Quando o Japonês aportou na Refrigeração, olhou para cara dele e disse boa tarde, ele quase teve um infarto, gaguejando, sem saber o que responder. Resultado: Maurício fora imediatamente ignorado pelo Takashi. Elias, que também não era fluente, veio correndo me pedir ajuda para acompanhar o tal do Japonês.

Suzuki era um homem magro, que aparentava sessenta anos – logo, deveria ter uns 70 -, rosto quadrado, de expressão séria, da minha altura, de olhar paternal. Usava um par de óculos quadrado, era bem educado, falava pouco. Sua performance se resumia a apontar e dar um comando. "Faça a gentileza de demitir aquele ali, por favor", solicitava gentilmente à Gerente do RH, uma loira magricela de 1,80, a Priscila, que também o acompanhava sem questionar. Quando Kobaiashi apertou minha mão, apenas perguntou meu nome e cargo. Em seguida, começou a me dar ordens. Nada perguntou, nada sugeriu. Apenas apontava e ditava: "essa bancada, retira". Em seguida, o pessoal do serviço braçal retirava, os serralheiros corriam para apontar uma de trilogiq do jeito que o Japonês queria. "Aquela máquina, vira para o outro lado". E meio mundo se mobilizava pra mexer a máquina para o outro lado. Uma semana de convívio diário com o Japonês me fez perceber que ele era um homem sereno e bem-humorado. Seu Inglês era sofrível, assim como o meu. Mas o de quem não era ali naquela fábrica? Em uma oportunidade, fui convidado para comer com ele, já que Elias solicitou que eu mudasse de horário naquela semana de Kaizen na Refrigeração. Entre um peixe cru e outro, fui dando meus pitacos, oferecendo meu auxílio luxuoso, quando saquei que o lance do Japonês era cortar cabeças. Disse a ele que Maurício gostava de ter MOD de reserva, porque ali o absenteísmo era enorme. Disse ainda que ele detestava mudanças, e que era contra a implementação do Kaizen por razões arcaicas, já que a empresa andava bem das pernas. Tive ainda tempo de sugerir que as áreas de apoio ligadas a produção não deveriam ficar alheias ao chão de fábrica, soberbas e imponentes num mezanino frio, como se fossem Deuses no Olimpo. Sugeri que se criasse um escritório compartilhado para um melhor suporte ao chão de fábrica. Honda afirmou que já havia pensado no caso, e que iria criar um escritório com uma sala para a Qualidade, PCP, Engenharia de Processos, RH, Segurança e Supervisão, num mesmo espaço compartilhado, em frente a linha de montagem 2, visando garantir respostas mais rápidas ao chão de fábrica.

Naquela tarde, contei uma mentira cabeluda para o Moyashi: disse que havia sugerido ao Maurício uma mudança radical nas Termoformadoras, da forma como ele havia feito nas Injetoras, já que o princípio era o mesmo, e deixei claro que ele era contra. Disse ainda para o Maurício que o Japonês não mexeria nas Termoformadoras, já que o tempo de lá estava justo demais para se mexer em mão-de-obra. Resultado: o Tanaka, que nunca pedia a opinião do Maurício, pediu. Perguntou o que ele achava da mudança radical ali. O Mauricio, através de mim, disse que era contra. "Demite esse", foi a resposta do Japa.

A passagem do Montoya pela Gela foi alucinante. Em menos de um mês, ele alterou completamente tudo o que encontrou pela frente. O resultado foi uma fábrica mais limpa, demarcada e segura. Um ganho de espaço de mais de 25%. Suas bancadas malucas de trilogiq substituíram esteiras e bancadas velhas, equipamentos sucateados e toda a sorte de gambiarras. O quadro de mão-de-obra foi reduzido em 10%. A produção, de empurrada, passou a ser puxada. Houve ganho de qualidade com equipamentos novos, houve melhora na rapidez dos processos com as bancadas mais próximas das áreas e os carrinhos inteligentes. A vaga de Maurício acabou sendo preenchida pelo Elias, e como resultado da minha performance durante o redesenho, fui alçado à vaga de Supervisor da Refrigeração, graças a um cursinho meia boca de Inglês que havia feito há mil anos, umas três ou quatro mentirinhas sinceras, um ou outro pitaco do velho Maquiavel ao pé do ouvido.

Meu salário ficou ainda mais bombado, compensando assim minha decaída de Johnny Depp para Dani de Vito.

Minha ascensão como Supervisor da Refrigeração começou como uma leve bucha: Eu precisava decidir quem seria o Técnico responsável na Pré-montagem 1 no meu lugar. De cara, não senti ninguém preparado, e Elias deixou claro que essa seria uma decisão que eu teria que tomar sozinho, já que ele teria problemas maiores para resolver. De Supervisor de um turno, teria que responder pela refrigeração nos três turnos. Na prática, ele faria horário comercial, e eu teria que responder pelo segundo turno. Com as eleições para a Cipa se aproximando, tive uma brilhante ideia. Se escolhesse Boca de Caçapa para liderar a área, mataria vários coelhos com uma paulada só.

Boca de Caçapa conhecia a área como ninguém. Suas andanças, agora conhecidas pela fábrica inteira, estavam aniquilando com o número da linha. Boca de Caçapa era cipeiro, e como líder, não teia mais tempo para politicagem, e os colaboradores da linha jamais o reelegeriam, já que ela passaria a fazer parte do status quo. Só tinha um problema: ele aceitar. Por isso, decidi convoca-lo para uma reunião, já na minha primeira semana como Supervisor, enquanto o Morto quebrava um galho nas duas Prés.

__Sente-se, Caçapa.

__Eu prefiro levantado.

__Você imagina por que te chamei para essa reunião, longe de todo mundo, aqui no mezanino, para uma conversa particular, numa sala isolada?

__Eu não sei, apenas cheguei entrando porque você pediu.

__Bem, como todos sabem, eu sou o novo Supervisor da área, respondo pelo segundo turno, e isso é muita responsabilidade...

__Uma hora a gente está por baixo, outra está por cima...

Boca de Caçapa alternava o palitinho da sua enorme beiçola entre os cantos da boca. Enquanto falava, procurava desviar o olhar, sempre apertando os bagos, como se estivesse com algum incômodo na cueca. Decidi me sentar, deixando Boca de Caçapa à vontade para escolher se queria ficar em pé ou sentado. Sua postura parecia alheia a qualquer coisa que eu dissesse. Estava claro que ele não se importava com o que eu queria dizer, apenas estava ali por estar, talvez para matar o serviço, fazer suas piadinhas e ganhar um tempo. Mesmo assim, eu sentia o efeito psicológico que aquele gesto provocaria no chão de fábrica. Só o simples fato de estar ali, para o pessoal da linha, já era motivo de piadas e toda sorte de sacanagem por pelo menos uma semana, mesmo para o Boca de Caçapa.

__Caçapa, eu preciso de sua ajuda. Preciso de um novo Líder para a Pré-montagem 1 no meu lugar – disse, fazendo uma pausa em seguida para ele digerir a ideia.

Caçapa nada respondeu, apenas apertou as bolas do saco.

__Você conhece alguém que esteja à altura do cargo?

__Você quer um grande ou pequeno? – respondeu com deboche.

__Preciso de sua ajuda, Caçapa... Preciso de alguém que possa tocar aquela linha – completei.

__É você que tem que escolher seu homem, não eu.

__Eu estou escolhendo você, Caçapa. Quero que você seja o meu homem na linha – disse finalmente.

Boca de Caçapa deixou o palitinho cair da boca na hora que ouviu isso, dando um salto pra trás na hora.

__Você é viado? – perguntou assustado.

__Claro que não. Quero que você seja o novo Técnico de Produção. O líder. Estou te oferecendo a vaga que está aberta.

__Você que eu entre na sua vaga? – questionou surpreso.

__Sim – respondi.

__Nem fodendo – rebateu.

__Por que não? Você está à frente de todos que conheço – insisti.

__Eu prefiro ficar por trás – esquivou-se.

__Por que não quer aceitar o cargo?

__Porque todo mundo vai querer me ver pelas costas.

__Está querendo dizer que me viam pelas costas na linha – perguntei deixando-o numa situação desconfortável.

Boca de Caçapa apertou o saco, dessa vez com mais força. Pensou um pouco antes de responder.

__Todo mundo vai querer minha cabeça na linha – divagou. Peguei um pedaço de papel, escrevi um número e mostrei pra ele.

__Aí está o salário – ofereci o papel a ele.

__Três "pau"?

Caçapa iniciou suas atividades como líder imediatamente. Para o meu azar, Elias decidiu, juntamente com o RH, que iria contratar mulheres para trabalhar nas linhas de produção. Estabeleceu até uma meta: dez por cento de mulheres em um ano, no mínimo. Para isso, tive que ir mandando um ou outro embora, esporadicamente, sem motivo. E é claro que sobrou tudo nas costas do Boca de Caçapa. Para o chão de fábrica, Boca de Caçapa estava varrendo seus desafetos da linha a partir de sua promoção. Não era bem isso, evidentemente, mas mesmo assim tive o cuidado de escolher aqueles que eram, de fato, desafetos dele. Outros, porque o médico da empresa acreditava que poderiam, num futuro próximo, desenvolver uma doença ocupacional.

Para auxiliar Boca de Caçapa na sua nova tarefa, dei a ele dois livros que estavam alimentando as traças em casa: "Quem Mexeu No Meu Queijo" e "O Monge e o executivo", para ver se de fato aquela merda ajudaria em alguma coisa com liderança. Se ajudasse o Boca de Caçapa, eu tiraria o chapéu. Como esperado, esses lixos trouxeram mais problemas do que solução para mim. Com a vinda de mulheres para a linha, começaram a pipocar denúncias de assédio moral no Rh em relação ao Boca de Caçapa. Meu rabo foi comido inúmeras vezes pelo RH.

__O que você disse para a menina nova, que o Rh está comendo o meu rabo? O

__Eu fiz apenas umas colocações. Foi você que pediu pra eu ler e melhorar meu vocabulário, eu tô melhorando.

__O Rh mandou um e-mail pra mim, dizendo que você queria gozar na moça, é verdade? – questionei-o incrédulo

__Claro que não, eu disse que ia Glosar – explicou.

__Glosar? – perguntei atônito.

__Glosar, explicar o trabalho. Foi você que mandou.

Pelo menos os números do Boca de Caçapa eram bons. Com exceção desses pormenores semânticos, Boca de Caçapa acabou me saindo muito útil com seu conhecimento na linha.

Em meados daquele ano, como esperado, ele perdeu a eleição para a Cipa. Perdeu sua estabilidade garantida por lei, e agora passara a ser um colaborador comum, demissível como qualquer um, sem maiores prejuízos para a empresa. Boca de Caçapa havia caído na minha armadilha, e agora estava comendo em minhas mãos.

Como supervisor, minha rotina se resumia a, praticamente, coçar o saco. Os Técnicos é quem garantiam a produção, a qualidade do produto, a segurança dos colaboradores. Minha função era penas assegurar que a equipe de líderes trabalhasse em harmonia, que as áreas estivessem limpas, organizadas, que o 5s fosse respeitado e que um número satisfatório de produtos fosse embalado ao longo do turno.

O Kaizen deixou inúmeras melhorias na empresa, mas deixou também um enorme problema: a manufatura enxuta. Enxutíssima. Já no primeiro mês de efetiva, duas colaboradoras engravidaram, e meu quadro se reduziu. Eu já herdara alguns afastados do Elias, os quais nem conhecia. Tive dois acidentados de moto, acidente de percurso. Uma morte acidental no trânsito, outro com LER, entre férias, nascimento de filhos, e o usual absenteísmo por falta. O quadro de MOD, que era farto com o Elias, comigo era escasso, absolutamente escasso, o que gerava um enorme estresse entre os Técnicos. Todo santo dia era uma correria infernal por causa de mão-de-obra.

__Dê nó na pica – era o que eu dizia. No final daquele ano, me formei, sem honras, nem porra nenhuma. Não participei da formatura, não tirei fotos, apenas colei a porcaria do grau, que era obrigatório. Peguei o lixo do diploma e nunca o abri, nem por curiosidade. Abandonei-o em um canto qualquer no meu guarda-roupas, sem o menor orgulho de ter feito um curso tão ruim em toda a minha vida. Naquele lixo de faculdade, da maneira como entrei, sai, sem nada que pudesse absorver de útil. Um curso inútil, numa universidade inútil, cheio de alunos que nunca haviam aberto um livro antes diante de suas fuças. A geração Ctrl+C/Ctrl+V estava, finalmente, no mercado.

Findada a universidade, parei de comer Soraia. O telefone que eu mantinha para contatá-la, que ficava na minha mesa, estava sempre desligado. Com um carro novo, um salário novo, roupas novas, cartão de crédito novo, passei a frequentar casas de massagem de luxo.

Meu novo cargo me conferia algumas regalias, como por exemplo, um estacionamento coberto dentro da empresa, na porta de entrada do mezanino, por uma portaria à parte da portaria dos colaboradores, o fato de não precisar bater ponto, o pró-labore, como eu chamava, mas que na verdade era um bônus por metas atingidas. Além do fato de ser invejado e olhado com admiração e respeito por milhares de pessoas.

A Greve do Feijão

"Como é perigoso libertar um povo que prefere a escravidão! "

Maqui

A crise dos subprime de 2008 afetou o mundo inteiro, quebrou bancos, faliu empresas, mas Lula assegurava que apenas uma marolinha chegaria ao Brasil. O presidente continuava subsidiando várias categorias, e mantinha a redução do IPI para produtos de linha branca. A produção continuava a todo o vapor. Em 2010, o sindicato começou a apertar o cerco contra a empresa, graças a morte de um colaborador que vinha de moto trabalhar e foi atropelado na rodovia. Isso deu força para que eles lutassem por transporte, que a empresa não oferecia. A empresa, diante da tragédia, cedeu e ofereceu uma linha de ônibus fretados para todos os colaboradores, de todos os bairros. Com isso, o sindicato ganhou fôlego novo.

O estresse, contudo, nas linhas de produção, não parava de aumentar. A escassez de mão-de-obra aliada às chibatadas dos Técnicos por metas, foi, aos poucos, fazendo com que o ambiente no chão de fábrica se tornasse um barril de pólvora.

Eu, evidentemente, me mantinha alheio a tudo aquilo. Estava feliz no trabalho, porque era carregado nas costas pelos líderes. Vivia um relacionamento superficial em casa, às custas do cartão de crédito e de um carro novo, uma casa nova, jantares caros, roupas da moda, o que me garantia uma paz inquebrantável. Em 2011, Dilma foi alçada ao posto máximo da nação, graças ao enorme prestígio conquistado por Lula. Em um ano de governo, o tal do superávit caiu praticamente 35%, e os economistas de plantão não a perdoaram. A tal marolinha parecia que havia chegado, e já começava a reivindicar seus pontos percentuais aqui, ali. Ano após ano, o país começou a descer ladeira abaixo, batendo recordes de desempenho negativo em tudo quanto é número que se possa imaginar.

Na metade do ano, os cipeiros e sindicalistas vieram me procurar porque, segundo eles, haveria uma evasão em massa na final da taça Libertadores. Para minha surpresa, Boca de Caçapa liderava o movimento, porque era corintiano fanático. Sem estabilidade para me confrontar, Caçapa adotou um tom conciliatório em sua abordagem.

__A rapaziada quer assistir à final. Você vai liberar para "nóis"?

__Impossível, Caçapa. O Primeiro turno ficaria sabendo, eu não teria como liberar toda a produção só por causa dos corintianos. E quanto aos palmeirenses, santistas, são paulinos? Eles jamais aceitariam tamanha afronta.

__Você diz isso porque não é corintiano. "Que time é teu"?

__Bem...digamos que eu torça pelo Boca Juniors - respondi porque não torcia por time nenhum. Detestava futebol, achava um esporte tosco, de gente alienada.

__Então a gente vai apostar na final uma caixa de cerveja. Eu vou de Corinthians, você vai de Boca.

Em agosto 2012 o sindicato e os cipeiros decidiram que integrariam a comissão do PPR com mais força. Lutar por um PPR gordo virou plataforma de alguns dos candidatos à Cipa. O pomposo numerário tinha até um valor definido: R$5.000,00. O que, convenhamos, era uma pequena fortuna para quem ganhava em média R$1.500,00, ou um "pau e meio", como dizia Boca de Caçapa. Numa bela tarde de sexta-feira, eis que Elias me procura, ainda no início do turno, para anunciar que o sindicato havia feito uma assembleia, e que acabara de comunicar que, na segunda-feira, entraria em greve.

__Greve por quê? – perguntei.

__Também não entendi. Acho que é essa tal de nova comissão do PPR querendo mostrar serviço – respondeu.

__E o que eles querem?

__Um monte de pequenas coisas, não tem uma plataforma definida. Eles reclamam do convênio que precisa melhorar, querem plano de carreira, aumentar o valor do cartão da farmácia, melhorar o feijão da cesta básica.

__Feijão? Aquilo era muito psicodélico para mim. Uma greve por causa de feijão. "A greve do feijão", possivelmente alguém postularia no futuro. Fariam canções épicas, recitadas ao som de uma arpa, sobre como os heróis da esquerda Lulista atacaram opressores capitalistas retirando deles o seu precioso feijão.

A grande realidade era que o sindicato dos metalúrgicos da região era estúpido demais para definir uma plataforma de reivindicações decente. Seu modus operandi era baseado em informações que retirava em outros sindicatos espalhados pelo país. Quando ficaram sabendo que uma empresa "x" na casa do caralho entregava a cesta básica na porta da casa dos colaboradores, na semana seguinte eles queriam a mesma regalia. Se a empresa vizinha, que fabricava um outro tipo de produto tivesse um benefício diferente do que se praticava na Gela, os cipeiros e os sindicalistas se mobilizavam para pressionar por esse benefício, fosse ele qual fosse.

Na segunda-feira, a pedido de Elias, cheguei na fábrica lá pelas seis da manhã. Na portaria de entrada da chefia, havia um grupo de sindicalistas, tímidos, pessoas que eu nunca havia visto na minha vida. Grevistas profissionais da Cut, pensei. Ostentavam apenas um cartaz com os dizeres de "Estamos em Greve" com letras garrafais em vermelho. Entrei tranquilamente, estacionei meu Audi A4 na minha vaga costumeira, e adentrei pelo show room. De cara, encontrei Elias sendo abordado por um enfermeiro novato que não conhecia, alegando que alguém havia sido ferido.

__Boca de Caçapa levou uma pedrada – disse-me Elias. Corri com Elias até a Enfermaria, seguindo as passadas largas do enfermeiro magricela da manhã, de pouco mais de 1,80. Na maca, Boca de Caçapa estava sentado, com um curativo na testa, desta vez sem palitinho na boca. Sua mão direita, que deveria estar repousada no saco, segurava um tipo de atadura na testa.

__O que aconteceu com você? – Perguntei já imaginando sua resposta.

__Estão barrando todo mundo lá fora. Eu tive que forçar a entrada, daí só senti a pedrada.

__Com está o movimento lá fora? – questionou Elias.

__Têm umas quinhentas pessoas amontoadas lá fora, uma em cima da outra.

__E o clima, está tenso? – perguntou o enfermeiro.

__Tá todo mundo no nervo – respondeu Caçapa.

__Tem mais algum líder lá fora? – perguntou Elias.

__Só os do primeiro turno, que ficaram com medo de penetrar. Do segundo turno eu não vi ninguém. Eu achei que chegando cedo ia conseguir penetrar com facilidade, mas me reconheceram.

Caçapa foi o único dos técnicos a "penetrar" a greve. Além dos técnicos do terceiro turno que entraram no domingo à noite, e que preferiram não sair para não enfrentar hostilidade. Caçapa havia antecipado seu turno, dando mostras de que havia mudado de lado definitivamente, conforme o vento favorável.

A fábrica estava praticamente deserta. O barulho ensurdecedor das máquinas em ação havia dado espaço para um silêncio mais ensurdecedor ainda. Somente uns poucos gatos pingados haviam furado o bloqueio imposto pelos grevistas. Nem mesmo o pessoal dos setores administrativos havia comparecido em massa. Havia notícias de que um negociador habilidoso, advogado da empresa, estava em reunião com a Priscila, gerente do Rh, para receber os integrantes do sindicato e tentar dar um fim à greve. Dirigi-me até minha mesa, que ficava no espaço compartilhado em frente a linha de montagem 2. Dali conseguia enxergar os alertas vermelhos piscando por vários pontos espalhados pela fábrica. Abri minha gaveta, encontrei o velho celular com as fotos e vídeos da Soraia, e pus para carregar na entrada do PC. Fiquei navegando na internet por algumas horas, enquanto Elias me abastecia com informações esporadicamente, e uma fina chuva ameaçava cair lá fora. Chuva e frio, pensei comigo mesmo. Excelente combinação para se fazer uma greve. Era mês de agosto, estávamos no auge do inverno, período em que a produção de refrigeradores sofria uma leva caída, pelo simples fato de que as donas de casa preferem uma máquina de lavar, para não terem que lavar suas roupas na água fria. Quem compra uma máquina de lavar, raramente tem dinheiro para comprar uma geladeira. Assim ocorre também nos períodos de grandes eventos televisivos, como copa do mundo de futebol, a cada quatro anos. O Seu Zé quer comprar uma televisão nova para ver os jogos, e quem compra uma televisão nova, claramente não tem dinheiro para comprar uma geladeira nova. Com isso, os poucos fura-greves que estavam na refrigeração, acabaram sendo deslocados para o setor e Lavadoras, porque lá, sim, estava a todo vapor.

No primeiro dia de greve, houve reunião entre Priscila, Elias e os outros gerentes dos outros galpões. Sem sucesso. Os sindicalistas estavam dispostos a bater o pé. Dos sindicalistas, só conhecia o Gilson, corno meu. O restante era profissional, da Cut de São Paulo, ou do escritório regional. E assim foi durante aquela semana, com a empresa despreocupada, sem pressa, porque a produção já vinha dando sinais de queda já desde o início do governo Dilma. Enquanto o sindicato reivindicava cada vez mais migalhas, para de não perder no cabo de guerra de jeito nenhum.

Quando chegou no dia quatorze, véspera de vale, a empresa decidiu suspender a antecipação salarial, e anunciou na portaria, que iria descontar os dias parados. O sindicato ficou louco, horrorizado, e preparou uma contraofensiva, avisando que iria entrar na justiça, e que não cederia. Os trabalhadores, sem o vale no bolso, começaram a se alvoroçar ainda mais. Algumas vertentes, que enxergavam na empresa um excelente local para se trabalhar, começaram a ameaçar furarem a greve, e a cada dia que passava, mais e mais colaboradores o faziam, para desespero do sindicato. Quando um pedido gigantesco de refrigeradores chegou até o conhecimento do Elias, a empresa decidiu que era hora de ceder um pouco para acabar com a greve, percebendo que qualquer migalha para o sindicato serviria àquela altura. No mesmo dia, encontrei o Dr. Rubens Anganuzzi no mezanino, tomando um cappuccino.

Dr. Rubens era advogado da empresa, tinha um escritório gigante em São Paulo. Era um sujeito de 1,70, atarracado, cabeça totalmente raspada, usava um par de óculos redondo, de lentes finas, rosto fino, nariz proeminente, usava um terno preto bem alinhado, exalava confiança em suas falas bem pontuadas.

__Em que pé estamos, Doutor? – perguntei para puxar conversa.

__Eles estão arredios. Sabem que fizeram uma tremenda burrada, se arrependeram da greve, mas agora sabem que terminar com ela sem conseguirem nada seria suicídio – respondeu-me com um leve sorriso no rosto, com expressão tranquila.

__Quer dizer que eles não vão ceder, mesmo sabendo que estão errados? – indaguei.

__Creio que não. Hoje mesmo faremos uma proposta para acabar com a greve. Daremos um reajuste magro por ora, mas depois descontaremos no dissídio, se eles prometerem silenciar sobre isso. Ofereceremos um "café" para os líderes, e colocaremos um ponto final na greve, ou seja, ninguém perde muito – ponderou.

__O que o senhor acha desse pormenor? – ofereci o vídeo que havia feito com a Soraia e o Gilson deitado na cama, bêbado, enquanto eu a comia.

__É o cara do Sindicato? – perguntou espantado.

__Sim – respondi. Dr. Rubens soltou uma gargalhada.

__E quem está comendo? O rosto não aparece. É uma zona? – questionou.

__É a esposa dele. Provavelmente um ex-colaborador estava comendo, perdeu o celular e eu encontrei jogado no chão. Como não vieram procurar, guardei comigo – respondi me esquivando.

__Sei... Posso ficar com ele? – perguntou o Dr. com um olhar demoníaco que fizera seu rosto se transformar.

A empresa não ofereceu nada, nenhum reajuste, nenhuma melhoria, nada. Apenas aprovou um limite maior de crédito para gastos com o cartão da farmácia, que era descontado do bolso do próprio colaborador, além de dar um "plus" no convênio médico, o que também sairia do bolso dos próprios colaboradores. A empresa disse ainda que depositaria o vale imediatamente para todos aqueles que desistissem da greve, bastava passar o cartão de ponto na portaria da empresa. Com isso, houve uma invasão em massa. No final daquela tarde, a greve acabou, e o nome dos cipeiros e sindicalistas foi lançado à lama, como previsto.

Uma semana depois, recebi um telefonema da portaria. A polícia estava querendo falar com o Gilson na entrada da empresa. Sua esposa havia sido assassinada enquanto ele trabalhava. Queriam interroga-lo, porque, de acordo com a perícia, foram encontrados vídeos comprometedores envolvendo sua esposa. Com a fama de boi e mandante do crime, Gilson se desligou da empresa tamanha vergonha e hostilidade pela greve furada. Nordestino cabra macho, Gilson não conseguiu conviver com a alcunha de chifrudo, sindicalista de merda e comprado pela empresa.

Em junho de 2013, o ministro Guido Mantega anunciou que iria retomar o IPI para produtos de linha branca à sua alíquota normal, dando sinais de que os subsídios impostos por Lula estavam esgotando os bolsos do tesouro, e apontando que a economia poderia declinar. No mesmo mês, a empresa decretou férias coletivas para quase 100% da fábrica. Só permaneceram os gerentes e o Rh. Durantes minhas férias forçadas, recebi uma ligação do Elias. A empresa havia fechado as portas. Definitivamente. Sem motivo algum declarado, a empresa decidira encerras suas atividades. Fiquei sem chão.

Nos meses seguintes, acompanhei pela imprensa e pelos noticiários no site do sindicato que a empresa havia entrado com um pedido de recuperação judicial, algo do qual eu nunca tinha ouvido falar.

A ficha só foi cair quando as contas começaram a chegar, sem cessar. Água, Luz, telefone, internet, Tv por assinatura, prestação do carro, escola do Ignácio, cartão de crédito, móveis, loja de roupas... Minha casa estava sem revestimento algum, porque eu estava reformando. Na realidade, estava uma bagunça, um quebra-quebra. Cherry estava passando um tempo com sua mãe, enquanto o pedreiro trabalhava. Apenas nosso quarto estava intacto do quebra-quebra. Tive que interromper o serviço pela metade, porque não sabia se deveria queimar minhas reservas. No mês seguinte, recebi uma ligação do sindicato dos metalúrgicos, avisando que eu deveria comparecer com toda a documentação para que pudéssemos ingressar com uma ação coletiva, um último recurso para os associados. Eu nem me lembrava que ainda era associado do sindicato, só me lembrava quando recebia o holerite, e lá constava uma quantia simbólica de desconto. Na data marcada, compareci a Sede do Sindicato, com os documentos em mãos e o rabo entre as pernas. Havia uma fila gigantesca, como não poderia ser diferente. Lá, me misturei aos montadores, operadores, faxineiros, engenheiros, gostosas administrativas e desempregados em geral. Todos pareciam possuir a mesma expressão de desânimo, de dúvida, de culpa. Parecia um limbo, um umbral, um local no qual estávamos destinados a expurgar nossos pecados. Dali, sairíamos para o céu de uma fábrica qualquer com um pouco de dinheiro no bolso, ou para o inferno do desemprego e duros, caso tudo desse errado. Intimamente, imaginava que meu destino não seria colorido, com arco-íris e anjinhos tocando arpa.

As Manifestações de 2013

As manifestações de julho de 2013 trouxeram a falsa esperança ao povo brasileiro de que as coisas poderiam, de fato, mudar. Jovens, adultos, velhos e crianças saíam as ruas por vários cantos do país para pedirem por honestidade, melhores salários, reforma disso, reforma daquilo, por tudo e por nada. A falta de uma plataforma clara e bem definida serviu apenas ao interesse dos velhos barões da política, que apenas esperaram a poeira baixar para retomar seus desmandos. Em 2014, já se falava em operação lava-jato nos noticiários. Desempregado e fodido, vendendo meus bens caríssimos no mercado informal, gastando um pouco das reservas que consegui acumular, acompanhava tudo pela televisão, enquanto o clima com a patroa e com a Pátria ia de mal a pior.

A copa do mundo garantiu o circo que eu precisava na ocasião, apesar de o pão estar cada vez mais escasso, difícil de garantir. Meu espírito de porco torcia enfurecidamente para que os Black Bocks detonassem com o espírito de felicidade momentânea que, magicamente, tomava conta do país em meio aquele monte de merda que perpassava o ambiente político. Felizmente, levamos 7x1 no lombo, para jazermos no nosso devido lugar ao solo. Fomos humilhados em casa por um país de primeiro mundo, de economia forte, que leva educação e seu povo a sério, que possui índices ínfimos de corrupção. Fomos lembrados de quem somos de verdade, da maneira mais vexatória possível, dentro de casa, para que o mundo todo visse. Aquele 7x1 salvou meu ano. Enquanto o país passava por um turbilhão de coisas ruins, inflação retornando, Dilma reeleita com um clima político tenso, escândalos de corrupção nos jornais, Cherry teve uma perda considerável na família. Seus país faleceram num trágico acidente de carro. Cherry entrou em franca depressão, não pela morte em si, mas por ter que chegar no velório de ônibus, e ter que pedir carona para acompanhar o cortejo até o enterro, já que precisei devolver nosso carro estrategicamente para evitar danos futuros.

Eu mandava currículos, ensaiava pagar um site online para ver se conseguiria melhores resultados, entrava em contato com a única pessoa que podia confiar, e que por ventura eu também confiava: Elias.

Elias já havia conseguido recolocação, uma vaga de supervisor numa grande empresa qualquer. Desejei os parabéns, apesar de ele ter recuado um passo. Na ocasião, O Elias me alertara novamente que o curso de Administração poderia me trazer problemas, e eu comecei a levar aquele comentário a sério. Todas as vagas que via na área de produção, principalmente vagas para chefia, exigiam curso em Engenharia disso ou daquilo. Também pudera. O curso de Administração não servia, absolutamente, para nada. Era um curso morto, neutro, que não se aprofunda em nada, e ainda ostenta a arrogância de pincelar sobre tudo. O curso de Administração surfava de maneira superficial por todas as áreas de uma empresa, mas não prepara o estudante de maneira adequada para atuar em nenhuma delas. Era um curso elaborado por bêbados com mania de grandeza, do tipo que acreditavam entender, e que na verdade estavam escondendo o fato de que não entendiam de porra nenhuma.

Pensei em fazer uma pós-graduação, talvez isso me ajudasse a me recolocar no mercado, mas eu não tinha dinheiro para pagar. Mal tinha dinheiro para pagar água e Luz. Para minha sorte – ou meu azar – Cherry arrumou um empreguinho sem vergonha numa fornecedora de alimentos, ganhando um barão por mês e mais uma cesta básica. O desdém de Cherry nutria por mim já há algum tempo só aumentava. Gorda, sem nada do pouco charme que possuía quando havia conhecido, mas ainda assim muito bonita, Cherry parecia não conseguir mais olhar para a minha cara. Não respondia a nenhum toque, afastava minhas mãos com um seco "sai" sempre que tentava encostar nela. Minha baixa autoestima pela perda recente do emprego e do patrimônio também foram me tornando impotente para protestar. Ao longo dos dias, nossas brigas foram se tornando cada vez mais frequentes, seja pela louça suja, pela toalha molhada na cama, o pente no lugar errado, o chinelo virado para baixo, o Ignácio. Conforme os meses avançavam e eu não saia do lugar, as brigas foram diminuindo da pior forma que existe, dando lugar a uma inércia, um desdém, um estado de insignificância de um em relação ao outro, até que culminou no dia em que ela simplesmente parou com um caminhão de mudança na porta, alegando que iria levar tudo, desde os móveis, até o meu filho, para a casa vazia de seus pais, em troca de não pedir pensão. Concordei, acuado.

Alguns meses depois, recebo uma intimação para o pagamento de pensão alimentícia. Eu havia perdido tudo. O emprego, a dignidade, a família, o dinheiro, tudo. Estava afundando junto com o país, que havia caído no conto do vigário do governo do PT. Para o meu azar, a crise só aumentava, o mar de lamas só avançava, o desemprego se espalhava cada dia mais, a inflação galopava para índices estratosféricos, o ânimo do país só piorava, a sombra de uma ascensão da direita no poder pairava no horizonte de horrores.

Àquela altura, eu não sabia mais me definir politicamente. Era muito fácil ser de direita quando se estava bem empregado e feliz. O raciocínio era lógico: quando se está bem, quer-se conservar. A pseudo-esquerda, o Lulismo, com sua política de subsídios e instituição da corrupção, havia afundado a cueca do país, tornando impraticável se afirmar de esquerda, ainda que minha situação financeira e espiritual clamasse por uma radicalização que transformasse o país de uma vez por todas. Não sabia se passaria pela esquerda, pela direita. Talvez a solução mais adequada fosse a importação de políticos escandinavos.

Entrei 2015 sem um centavo no bolso. Minha casa se resumia à ruínas. Não tinha fogão, geladeira, móveis, quase nada. Todos os cômodos estavam vazios, com exceção do meu quatro, que tinha uma cama, meu guarda-roupa fixado na parede – que não pôde ser levado- e uma televisão. Vivia contando moedas, à base de pão e água, praticamente. Quando cortaram minha energia, fiquei desesperado. Sentava-me no quarto, sozinho, chorando, rezando, pedindo a Deus. Não atendia o portão, mal tomava banho, estava mergulhado em uma depressão profunda, sozinho, magro, barba por fazer, uma mistura de careca com cabeludo, um mendigo espiritual, um homem aniquilado pela vida, cheio de auto piedade, com apenas um teto para se proteger do frio e das más notícias que ressoavam no mundo lá fora.

Só quando fui preso pela primeira vez por causa de pensão alimentícia é que meu irmão Lauro soube da minha real situação. Estávamos afastados havia mais de um ano, sem nenhum motivo aparente. Simplesmente deixamos de nos ver. Minha arrogância, seu trabalho, nossa idade avançando, minhas mentiras afirmando que estava tudo bem por telefone. Lauro ficou furioso com a revelação de que eu estava falido. Mais do que isso: fodido. Nem vergonha eu sentia mais àquela altura. Estava totalmente entregue, nocauteado pelo mundo, abatido pela vida. Lauro me tirou da cadeia, pagou a pensão atrasada que Cherry cobrava, mandou religar a minha luz, comprou-me uma geladeira e um fogão usados, mas em bom estado, fez uma compra gigantesca e ainda me deu um bom dinheiro. Após esse episódio, Lauro passou a me visitar a cada quine dias, pelo menos, sempre me levando dinheiro e abastecendo minha geladeira, me dizendo que estava tudo bem e que eu não me preocupasse com nada.

Não sei quem havia contado da minha situação financeira, mas eis que me bate à porta, certa feita, um negão gordo, de bíblia em punho. Era o Abutre, meu amigo de infância. Abutre contou-me de suas andanças pela Europa. Trabalhou como lavador de pratos em Madrid, depois em Portugal, além de ter conhecido Paris, Berlim e outras quebradas. Senti uma ponta de inveja do Abutre, e me senti, de certa forma, feliz por ter sentido algo em meses que não fosse tédio e depressão. De volta ao Brasil, Abutre havia se convertido para alguma igreja evangélica por causa da esposa que havia conhecido em Portugal, e que agora tocava com ele um restaurante. Abutre ofereceu-me uma Bíblia de presente, toda rabiscada, e com as frases ditas por Jesus em destaque. Abutre tentou a todo custo me levar para um culto, afirmando que minha vida melhoraria consideravelmente se eu aceitasse Jesus.

__Eu aceito a Jesus, só não aceito o pastor – disse em tom debochado.

Na falta do que ler e com tempo de sobra, li a bíblia inteira, de cabo a rabo. Extraí de lá algumas semelhanças entre o Deus do velho testamento e alguns cultos africanos. Deus exige dos Judeus uma série de oferendas: um carneiro tenro aqui, um cabrito gorducho ali. A macumba divina se completava quando Ele Próprio faz sua oferenda derradeira, enviando seu próprio Filho, o seu Cordeiro, para nós, os abutres pecadores. A história da humanidade era uma história de gentilezas, uma troca de oferendas, que inevitavelmente culminava em carnificina regada a uma boa bebida.

As visitas de meu irmão Lauro eram cheias de expectativa. Eu ficava esperando o que ele poderia trazer de suculento. Minha vida se resumia a comer, beber, assistir televisão e descabelar o palhaço, tal como um bicho de zoológico, uma espécie em cativeiro ameaçada de extinção, um porco de engorda. A cada visita sua ele levava um currículo meu, mas mesmo um Gerente da Käl Bier não era capaz de colocar, àquela altura da crise, o próprio irmão na fábrica em que liderava. Lauro me contou que por causa da crise, a empresa teve que reduzir custos, terceirizando dez por cento da produção e cinquenta por cento da logística para uma empresa de terceiros que era, na verdade, especializada em limpeza.

A receita era a seguinte: tudo o que fosse trabalho braçal, sujo e relativamente irrelevante, estava sendo largado nas mãos dessa empresa de terceiros, a chamada Venâncio e Souza, ou VS. Disse-me ainda que dificilmente eu seria contratado pela KB naquele ano, já que se tratava de uma empresa de pouquíssima rotatividade, e que privilegiava seus cargos de confiança às pessoas que já faziam parte do quadro. Quando precisavam de um líder, pegavam um operador que se destacava e o promovia, em geral alguém que já estava esperando na fila durante anos. Eu não possuía perfil para supervisão da KB, porque não era engenheiro, e jamais alguém com curso superior seria contratado para uma vaga operacional, ainda mais com a diferença salarial entre o que constava em minha carteira e o que a empresa ofereceria. No entanto, ele próprio era amigo do supervisor da VS, e que se eu quisesse abraçar um "bico" registrado, ele conseguiria, até que aparecesse outra coisa melhor.

A Turma Do Corte

Arrependi-me de ter aceito aquela vaga no primeiro momento em que pisei os pés naquela Van toda quebrada, suja e barulhenta. Era uma empresa contratada para fazer o transporte dos funcionários da VS, que não podiam, por algum motivo torpe, frequentar o mesmo ônibus dos colaboradores da KB. A Van era adstrita, seus bancos minúsculos permitiam que fossemos apertados, coxa roçando na coxa do vizinho de banco. O som do "funk" pornográfico nos aparelhos celulares modernos de alguns daqueles jovens era a única coisa que se ouvia, pois havia um curioso silêncio de vozes no ar, com poucas conversas ao pé do ouvido, seguidas por risinhos discretos. A maioria era de jovens tatuados, sujos, cabelos raspados em baixo, topetudos em cima, com média não muito superior a 25 anos. Ao lado do motorista, sentava-se um jovem magro, alto, bocudo, que não parava de farar nem por um instante, destoando do restante do grupo, que vez ou outra caía na gargalhada sempre que achava alguma piada engraçada.

__Eu já falei pra você, Bumbum Granada: amoeba não é gelatina. Dá próxima vez que você comer pensando que é, eu vou dobrar a sua dosagem de Gardenal – dizia o magrelo bocudo, enquanto olhava para trás para um outro rapaz de boné, que apenas o insultava de maneira evasiva.

Quando chegamos à portaria da empresa, todos entraram, mas eu fui orientado a procurar o guarda para ser anunciado. Outras duas Vans chegaram com mais pessoas de uniforme cinza, mal-encarados, que me mediam dos pés à cabeça. Na sequência, uma grande quantidade de ônibus luxuosos começou a chegar com os colaboradores da KB, de uniforme branco, impecável. Chamou minha atenção a grande quantidade de colaboradores acima dos quarenta, até cinquenta anos. Homens, mulheres, deficientes, gordões, anões. Era uma empresa que privilegiava pela diversidade, sem dúvida, e que, pela média de idade dos seus colaboradores, prezava pela estabilidade do seu quadro de funcionários. Uma hora depois, o mesmo Bocudo falador que estava na Van que me trouxe veio me buscar. Apenas chamou meu nome, como quem faz uma pergunta retórica, e me conduziu para dentro da fábrica, com passadas largas a minha frente. O bocudo não pronunciou palavra alguma, apenas andou e mexeu no celular. Sua pressa não permitiu que eu observasse muita coisa. Apenas paredes e demais paredes de blocos de tijolos, uma entrada ou outra para não sei onde, portas de vestiários. Entramos num galpão imenso, onde ficavam as docas. Fileiras de caminhões estavam sendo carregados, "lonados" e amarrados por jovens mal-encarados da VS. Senti um frio na barriga quando apontamos para aquele lado. Ouvi assobios, xingamentos velados, e tentei fingir que não era comigo enquanto apertava o passo por sobre a inacabável faixa zebrada de pedestres que galgávamos em frente aos mais variados modelos de caminhões estacionados. De repente, o bocudo virou à esquerda, entrando no galpão onde terminava a primeira sequência de docas. Empilhadeiras frenéticas carregavam pallets de bebidas, enquanto duplas de jovens da VS puxavam carrinhos hidráulicos amarelos com variados produtos.

O Bocudo chamou uma gordota de 1,80, feia e mal-encarada, morena de uns 40 anos. __Esse cara vai começar hoje. Ensina ele – e saiu, sem me dizer uma palavra. A gordota apontou para o carrinho hidráulico e pediu que eu a seguisse.

O Auto Serviço era uma célula do barracão da logística. Ali eram montadas as cargas mistas. Quando um mercado qualquer comprava cem refrigerantes, havia um pallet fechado com cem refrigerantes, um pallet PBR, que era montado ainda na saída das enchedoras nas linhas. O mesmo ocorria com as cervejas, os sucos e a água mineral. Mas quando o mercado pedia uma quantidade fracionada de fardos de água, cerveja, refrigerante, a equipe do AS, em duplas, precisava montar a partir de uma folha de pedido impressa conforme solicitava uma determinada DT, o documento de transporte que acompanhava a carga.

Basicamente, o AS era um barracão que ficava atrás das docas com todo o portfólio de produtos estocados esperando para serem dispostos em pallets e carregados. Era uma disposição retangular com quatro corredores de ida e volta, cercado por produtos. O trabalho era o mais simples do mundo: receber a folha impressa com a carga das mãos do bocudo, que era o conferente responsável por nós, montar a carga conforme a amarração para o pallet não tombar e dispor o pallet ao lado de uma embaladora elétrica, que utilizava filme plástico esticável stretch. Antes de montar a carga, porém, era necessário passar o scanner manual na etiqueta do produto, com um código de barras, para imprimir a etiqueta de rastreamento que ia fixada no pallet, e disposta no estoque com códigos pintados no chão, como A1, B2, C3 etc., de maneira que o produto fosse facilmente encontrado na data e hora do carregamento.

Enquanto a gordota passava o scanner pelas etiquetas e ia me dizendo "pega vinte cola dois litros, trinta laranja lata, sessenta cerveja 350 ml Pilsen" eu ia puxando o carrinho hidráulico amarelo, feliz por ter encontrado um emprego depois de três anos, triste por ter encontrado um emprego maldito e inútil como aquele, para ganhar milão por mês. Míseros mil reais, dos quais trinta por cento eram da pensão do guri. Puxar a porcaria daquele carrinho cansava, fazia suar muito, e o barracão era abafado, fazia calor demais.

Em determinado momento, perguntei para a gorducha se podia beber água.

__Não pode. Tem que ir na chopeira lá na entrada da primeira doca, ou na Copa do AS, mas tem horário para ir na copa.

A caminhada até a entrada da primeira doca era gigantesca, significava que eu tinha que fazer todo o percurso de volta até perto da portaria, mais ou menos. Não havia bebedouros ali na KB. Eram chopeiras improvisadas para sair água, o que achei interessante, mas chocante ao mesmo tempo. Era uma fábrica de bebidas que dificultava ao máximo o consumo de um simples copo d´água.

__Onde fica o banheiro? – perguntei em certo momento.

__É lá perto da copa do AS, na entrada da portaria, mas tem horário para ir – respondeu a gorducha desgraçada.

O banheiro, onde também ficavam os armários de EPI´s, era uma espécie de banheiro de uso público, também na entrada da doca. Uso público porque todos os caminhoneiros, ajudantes, visitantes o utilizavam. Não era permitido aos funcionários da VS utilizar os mesmos banheiros espaçosos que os colaboradores da KB. O banheiro público quase não tinha portas. Os que tinham não possuíam fechaduras. Era uma forma de inibir o consumo de drogas ou bebidas nas dependências da empresa. Em pouco mais de duas horas de KB, já estava detestando toda aquela miséria, todo aquele apartheid. Na hora do jantar, estava sem fome, desidratado, cansado de puxar a merda do carrinho amarelo. Engoli a comida de maneira rápida, evitando olhar para a cara gorda da minha parceira que mastigava de boca aberta, fazendo um barulho nojento. Percebi que metade do refeitório estava de luz apagada, porque, no segundo turno, o número de pessoas era reduzido em relação ao horário comercial que se acumulava com o pessoal do primeiro turno.

Ali, naquela escuridão – que acreditei que fosse pelo simples motivo de economizar energia – sentavam-se os colaboradores da VS, enquanto os colaboradores da KB sentavam-se sob as luzes. O intuito de economizar energia servia apenas para ilustrar a segregação que os funcionários da VS sofriam ali dentro. Quando terminei, notei que na saída do aconchegante refeitório havia uma sala de jogos, com duas mesas de bilhar, pebolim e tênis de mesa, que ficavam ao lado de uma sala de descanso, com cadeiras de praia confortáveis para que os colaboradores dormissem e recuperassem energia para a longa jornada semanal.

Notei que houve um silêncio incomodo com minha presença na mesa de bilhar ocupada pelos funcionários da VS. A outra mesa, claro, era ocupada pelos colaboradores da KB, ambos não se misturavam. A sala, que antes era tomada por gritos e risos estridentes, dera espaço à uma carrancuda e dura expressão dos amarradores, limpadores de banheiro e montadores de carga, meus colegas. Senti de cara que era comigo. Retirei-me, tentando entender o que estava acontecendo de errado, por que estava sendo discriminado por um bando de viciados, ex-detentos, desdentados e semianalfabetos. Aquela "bad trip" durou cerca de um mês, até que a amaldiçoada da minha parceira, para a minha sorte, pegou férias de trinta dias.

No lugar dela, veio do terceiro turno, expulso de lá pelo encarregado, um neguinho, com uma tatuagem de estrela a baixo do olho direito, outra no pescoço com os dizeres "vencer ou vencer".

O neguinho era Roger. Roger tinha cerca de 1,60, era magro, rosto fino, longo, triangular, lábios grossos e fala fácil. Falava até pelos cotovelos, e no primeiro momento achei-o demais parecido com o burrinho do filme Shrek. Já no primeiro pallet que pegamos para montar juntos, Roger lançou mão de uma lata de cerveja 269 ml, pilsen, e mandou goela abaixo, para o meu espanto.

__Que foi? Vai me dizer que você nunca deu "um corte"? – perguntou com a cara deslavada.

__Claro que não. E se pegarem? – respondi com ar de inocente.

__Se pegarem é outro esquema, parça. Aqui é nóis.

Roger me contou que ali, todo mundo "dava um corte". A diferença era que, para os funcionários da KB, o "corte" era legalizado, ainda que de forma velada. Na KB, os colaboradores de alto escalão bebiam em copas instaladas ao lado dos seus escritórios. Os de médio escalão, em frigobares alocados em suas salas, atrás de sucos, refrigerantes e águas, escondidos dos colaboradores de alto escalão. Os peões de chão de fábrica, bebiam na linha mesmo, retirando o produto da esteira durante o processo, enquanto a garrafa ainda estava geladinha. Nós, os de baixíssimo escalão, os terceirizados, os segregados e discriminados, bebíamos a danada ao natural, retirada do pallet, no meio do picking, escondidos de todo mundo. Roger contou-me ainda que todos os outros colaboradores da VS estavam de "segunda" comigo, por que eu era irmão do Lauro, o chefão dali. Na cabeça deles, eu era um espião da KB, que estava ali para "caguetar" geral. Disse-me ainda que a única forma de eu provar que não era um espião, era dando um corte com os parças.

Eu fazia o horário das duas da tarde às dez da noite, o que me trouxe mais um agravante: trabalhar aos sábados. Eu odiava trabalhar nos finais de semana, mas não tinha escolha. Sábado era horário normal. E foi num sábado, quando não montávamos carga no AS, que surgiu a oportunidade de me redimir com a rapaziada.

Quando não montávamos carga, em geral, íamos para o barracão onde os Pallets eram descarregados. Pallets vazios que haviam sido enviados com a carga e que ora retornavam para passar por uma triagem. Era necessário separar os pallets quebrados dos ainda em boa condição de uso, um serviço muito simples. E era nesse momento em que todos os colaboradores da VS se reuniam num único barracão. Ali, era preciso interagir com os manos da quebrada, senão as coisas poderiam ficar ruins. Eu já estava acostumado com gente daquele tipo, era responsável por uma dezena de "nóia" na Gela, sabia suas gírias, como pensavam, o que esperavam de um parça. Durante a triagem dos pallets, percebi que Roger saia sempre para "morcegar", dar um rolê enquanto eu fazia o trabalho por ele. Quando voltava, contava que havia cortado uma ou outra categoria de cerveja com os manos. Avisei ao Bocudo que precisava soltar um "barro", e sai dali por alguns minutos. Fui até o AS, peguei um fardinho inteiro de cerveja e levei até a copa do AS, que só tinha água na geladeira. Retirei um fardo do fundo da copa e coloquei o fardinho lá para gelar e voltei para a triagem dos pallets.

__Estão limpando o banheiro – disse para o Bocudo.

__Beleza, depois você volta lá – ele respondeu. Uma hora depois, quando o Bocudo estava distraído, chamei Roger para me acompanhar, porque queria dar um corte.

__Sério? – perguntou espantado, com um sorriso maléfico no rosto. Roger me acompanhou até a Copa, enquanto teclava freneticamente ao celular. Quando chegamos lá, abri a geladeira, Roger olhou para a quantidade de água que havia lá.

__Água? Tá me tirando, mano... Puxei dois fradinhos de água, coloquei em cima da pia. O terceiro fardinho, era de lata 350 ml, puro malte, trincando de gelada. Roger ergueu as sobrancelhas, espantado, seus olhos brilhavam.

__Caralho, mano, você é louco. Abrimos uma e cortamos ali mesmo. Duas, três, virávamos como se fosse água, pois não sabíamos quem poderia aparecer. Se fossemos vistos ali, seria "game over". Era demissão por justa causa. Na terceira lata, eis que aparece quatro caras com uniforme cinza. O primeiro a passar pela porta era Banguela, um magricelo de 1,70 que fedia cigarro e que não tinha os dois dentes da frente. O segundo, o Assa, um magrelo de 1,80 que, de acordo com muitos ali, possuía aquele apelido por ter dois assassinatos nas costas. O terceiro, um gordão negro, era o Cola Dois Litros. O quarto, para minha desgraça, era um magricelo bocudo. Jair, meu encarregado.

__Como vocês tem coragem de beber cerveja aqui dentro? – perguntou. Roger e eu nos entreolhamos. Sentimos que tinha acabado nossa história breve ali mesmo. Soltamos a lata, íamos nos retirando, quando ele nos interrompeu.

__Como vocês tem coragem de beber aqui dentro e não convidar ninguém? – disse soltando uma gargalhada estridente. Ali tomamos o fardinho inteiro. Ali contei minha história para eles. Ali nos tornamos bons amigos. Graças ao trânsito que Roger tinha com a rapaziada, minha barra foi limpa. Naquele sábado de "morcegagem", em que um disputava quem trabalhava menos que o outro, fiquei sabendo o que todos pensavam de mim, e por que me odiavam. Era um ex encarregado, que havia demitido dezenas de amigos deles em outra empresa, que possivelmente era um "cagueta", que era irmão do chefe, que estava ali para foder com todo mundo. Naquele sábado, todos ficaram sabendo da minha história, que era um fodido, e que estávamos todos no mesmo barco, e que não era muito diferente de nenhum deles, que também eram parentes de alguém ali, que também haviam sido presos por pensão ou por um ou outro crime, e que, portanto, lhes restava poucas oportunidades na vida. Naquele sábado, Roger inventou uma história ao meu respeito, quando eu falava da minha prisão, enquanto degustávamos uma puro malte. Disse que eu era um famoso assassino lá na minha "quebrada", que era conhecido como " O Cachorrão". Ali, recebi meu batismo, ganhei um "vulgo". A partir daquele dia, passei a ser conhecido como Cachorro. E entrei para o clube. O clube do corte.

Em abril, o circo do impeachment da Dilma foi transmitido em rede nacional pelos principais veículos de informação do país. Foi um teatro, uma idiotice, uma necessidade, um sei lá o quê. Eu torcia para que ela caísse, mas não sabia se torcia para que seu vice assumisse. Estava anestesiado, assim como o país. Dividido, ideologicamente sem rumo, querendo ver o circo pegar fogo, só para ver se alguma coisa melhorava. Não sabia mais me posicionar politicamente. Não era mais de esquerda, não era de direita, não acreditava em nada, em ninguém, e olhar ao redor e ver um bando de garotos que nem sequer sabia o nome e o partido do vice que assumiria após a confirmação do impeachment no Senado, trouxe-me a constatação que temia: eu estava envelhecendo rápido demais. Já havia afundado junto com o país, preso junto com o Palocci e o Dirceu, falido junto com a Dilma, achincalhado junto com o Lula.

O país pedia que eu bebesse, e eu bebia. As políticas de segregação impostas pelo meu próprio irmão exigiam de mim que sorvesse o álcool como se não houvesse amanhã. Os meses cavalgavam enquanto eu apenas acordava, trabalhava, voltava para dormir e acordar para trabalhar. No trabalho, enchia a cara enquanto montava os pallets. Era a única forma que encontrava de suportar aquele trabalho sem sentido, sem futuro. Toda aquela simplicidade me fazia, vez ou outra, errar a montagem dos pallets, porque operava no automático, enquanto minha mente viajava para outro mundo. Colocar produto a mais ou a menos e levar puxão de orelha de um cara quase quinze anos mais novo do que eu, começou a fazer parte da rotina. Jair não aliviava quando alguém errava um pallet, já que era de sua responsabilidade a conferência. Se eu errasse e ele deixasse passar, ele perdia sessenta reais do prêmio mensal que recebia. Além do seu nome circular por toda a fábrica. Um pallet errado significava exposição, e exposição era tudo o que não queríamos: queríamos anonimato, privacidade para dar um corte, e o salário magro inteiro no final do mês.

Em meados de 2016, a KB resolveu instalar câmeras por toda a fábrica. No AS foram cinco. Duas nos corredores laterais, onde transitavam as empilhadeiras, três nos corredores de produtos, onde transitávamos com os carrinhos para montar os pallets mistos. Já na primeira semana, as câmeras flagraram um casal transando, seis ou sete colaboradores bebendo, e um roubando um celular do próprio colega. Foram todos demitidos por justa causa. Entre esses demitidos, estava Banguela, pego dando um corte. Assa foi flagrado apertando um baseado, e tentou justificar que era cigarro de palha "cavalinho", mas nenhum vestígio do fumo de corda fora encontrado com ele.

A VS não era o tipo de empresa que demitia. A não ser que fosse por justa causa. Isso inibiu, de certa forma, nosso corte. Passamos a nos arriscar menos, deixando de cortar a todo o momento em qualquer lugar para apenas cortar escondidos atrás dos pallets, longe das câmeras, nos pontos cegos. Ficar desempregado naquele momento de crise era burrice. Toda aquela opressão fez com que algo adormecido em mim viesse à tona: meu espírito revolucionário. A ausência de um sindicato fez com que eu tivesse uma ideia maluca, assustadora: criar um sindicato fictício, espalhar panfletos revolucionários com o intuito de conscientizar os funcionários da VS do quanto sua vida era ruim e de como poderia ser melhor.

Para isso, precisei me manter anônimo, já que estaria expondo as mazelas criadas pelo meu próprio irmão, o único que me estendeu as mãos no momento em que eu mais precisei. Já que estava em conflito, que a divisão fosse completa: eu me racharia ao meio de vez: por um lado, agradecido por ter encontrado um emprego e me livrado da prisão. Por outro lado, revoltado com as condições expostas pelo patronato. E foi aí que entrou em cena o "Sindigato".

O Sindigato foi um sindicato pirata criado por mim para denunciar as mazelas, as opressões e os desmandos imputados pela KB aos colaboradores da VS. Minha primeira ação foi denunciar a falta de bebedouros, através de uma folha A4 com um logotipo de um gato com olho de pirata bebendo uma caneca de cerveja na parte superior direita da folha. Entrei com o chumaço de papel escondido na blusa, preso na calça Jeans e apenas tive o trabalho de deixar no vestiário, para que todo mundo visse. Em menos de uma semana, todos os bebedouros estavam consertados, dispostos em locais mais próximos aos setores, funcionando como nunca.

O Sindigato havia começada como um sucesso. Houve um bafafá desgraçado, uma bagunça geral, todos ficaram de cabelo em pé com a novidade, seus olhos brilhavam diante das possibilidades inexploradas. Todos queriam saber quem era o responsável pelo Sindigato, mas ninguém tinha a menor ideia de quem fosse. E o irmão do chefão seria o último suspeito de tamanha façanha.

É claro que a KB, que desprezava os colaboradores da VS, passou a odiar o Sindigato. A VS passou a odiar o Sindigato. Ambos os que desprezavam a ralé terceirizada agora precisavam respeitar e odiar seu novo combatente, seu novo revolucionário anarquista sem causa, que atirava para todos os lados. Ferrar com tudo, detonar o mundo era o que importava. Meu ódio pela KB e pela VS aumentava cada vez mais, e odiava ainda mais o fato de depender daquela porcaria toda para colocar comida na geladeira.

O Café

"É melhor ser temido do que amado"

Maqui

O Sindigato

"É interessante como a linguagem do terror funciona no chão de fábrica, tanto de cima pra baixo como de baixo para cima. É mais fácil

varrer os problemas para debaixo do tapete do que os enfrentar. Empresa alguma que conheci em mais de vinte anos de andanças pelos mais variados ambientes de chão de fábrica está minimamente preocupada com o bem-estar de seus colaboradores. Não existe nenhum tipo de política que pense, de fato, no ser humano dentro de uma empresa. Tudo o que se faz, tudo o que se doa, o que se oferece de benefício ou é por força da lei ou em função do óbvio. Oferecer convênio, é para manter boa saúde do funcionário, ou para diminuir o índice de absenteísmo? Cesta-básica é por agradecimento ao bom trabalho prestado ou um pixuleco que maquia um salário miserável? "Oferecer" uma cesta-básica sai mais barato para uma empresa do que pagar o valor em espécie. Na compra da Cesta, a empresa barganha um preço menor, insere um produto mais vagabundo, economiza aqui e acolá. Quando a empresa paga um estudo para um colaborador, ela está investindo na sociedade ou esperando retorno financeiro a partir do conhecimento adquirido por aquele novo colaborador? O capitalismo não pensa no ser humano, pensa apenas no capital. O ambiente de chão de fábrica é opressor, hierárquico, moldado a partir de modelos militares, na falta de modelos que funcionem. É impraticável que um governo mundial de direita espere que colaboradores de chão de fábrica sejam de direita. Na sociedade, funciona o "nós" contra eles em relação ao governo, que é alheio aos problemas da população. No chão de fábrica, que funciona como um microcosmo de um país corrupto, inepto, coorporativo e fisiológico, essa realidade acaba se refletindo da maneira mais cruel. A diferença é que, no chão de fábrica, o sistema vigente é o ditatorial. Os colaboradores não votam para decidir quem será o presidente da corporação. Os colabores não votam para escolher seu líder, seu chefe. No chão de fábrica, tudo lhes é imputado. Se um sistema ditatorial não funciona num país que pretende ser moderno, honesto, eficaz, como poderia funcionar no seu motor fundamental, no que move a economia?"

Meu irmão começou a desconfiar de mim quando leu esse texto. Numa tarde de sábado, quando já se preparava para ir embora, me encontrou bebendo atrás de um pallete de Long Neck. Cachorro, como eu passara a chamar Roger – e apesar de ser também meu apelido – havia ido ao banheiro dar um barro e mexer no WhatsApp. Cachorro havia me dito que os caras haviam achado o texto do Sindigato "nada a ver". Ninguém havia entendido nada, não dizia nada com nada. Na realidade, eu havia escrito o texto porque estava entediado, não queria dizer nada, apenas desabafar. Apenas vomitar um pouco da confusão que me atormentava, e que tinha certeza que atormentava a maioria dos brasileiros da minha idade, sem perspectiva nenhuma. Uma semana antes, a VS havia "marcado" os funcionários como se fossem gados, com um "L" ridículo pintado a tinha na manga direita da camisa, para diferenciar os trabalhadores da Logística. Pensei em escrever sobre aquilo, sob como havíamos sido tratados de maneira desrespeitosa, humilhante, como os Judeus na segunda guerra. Escrever sobre o fato de nosso banheiro nunca ser mantido limpo e com sabonete, sobre como nossa recebíamos menos comida (o prato principal era servido pelo pessoal da cozinha), sobre a Van que nos abarrotava como gado, sobre nosso salário magro e mixuruca que mal dava para uma semana.

A KB era uma empresa gigantesca, que mais lembrava uma vila industrial do que propriamente uma fábrica. Era projetada num terreno de plano inclinado, logo imaginei que fosse de propósito; em caso de perda, falha na produção, vencimento de produto, era só derramar o líquido ladeira abaixo. Na prática a coisa não funcionava assim. Perda de produção, vencimento de produto, tudo era apontado pelos auditores da receita federal e abatido no imposto de renda. Seus imensos barracões viviam abarrotados de produtos, e ao contrário do que eu pensava, não havia um barracão único para a expedição dos produtos. Cada barracão, cada linha de produção mantinha seu próprio kamban de produtos. Era como se cada linha de produção – que eram inúmeras – fosse uma mini fábrica autossustentável. Havia tonéis gigantescos onde era feita a brasagem, a maturação, a fermentação, a fervura, a carbonatação. Havia silos gigantescos de cereais, de açúcar e outros insumos. A fábrica ostentava com frequência um cheiro de carboidrato cozido, algo que lembrava uma sopa de mandioca ao fogo durante o processo de fabricação da cerveja; talvez na fervura, talvez na extração do açúcar do malte. Havia ainda a "Boca do Lobo", um botequim que funcionava dentro da empresa, cujos funcionários do Administrativo poderiam frequentar e encher a cara à vontade, desde que reservassem o espaço antes. Havia um restaurante vip anexo ao restaurante dos colaboradores comuns: era o restaurante da diretoria, que apreciava uma boa picanha, um filé mignon, um prato especial que não fosse frango ou porco, em geral os mais servidos à peonada. O restaurante vip, inclusive, fora alvo de uma das edições semanais do Sindigato, que ao contrário do que eu imaginava, fez menos sucesso do que eu esperava, despertou mais medo do que esperança nos jovens despolitizados daquela geração estranha.

__Você sabe que esse negócio de política aqui não funciona. O contrato da VS vence ano que vem. – disse meu irmão enquanto me chamava a atenção por causa da garrafinha degustada.

Não lhe respondi, apenas concordei com a cabeça e continuei meu serviço. Fingi que não era comigo. Cachorro apareceu para me salvar, o que gerou desconforto em todos.

__Dá licença pra nós, Roger – disse meu irmão em tom grave

Cachorro saiu, com o rabinho entre as pernas.

__É você quem está escrevendo essa palhaçada? – Perguntou.

__Não – respondei sem convencer.

__Eu sei que é você.

__Então por que está perguntando? – Respondi rispidamente.

__Esses caras aqui mal conseguem escrever o nome direito, quanto mais entender sobre política.

Eu tinha apenas seis meses de fábrica. Já estava de saco cheio desde a primeira semana. Eu havia retrocedido na vida, na profissão, como ser humano. Estava velho e gordo, feio e me sentia burro, não lia um livro havia meses. Ganhava pouco, não me relacionava, tinha vergonha do uniforme que usava, do lugar que trabalhava, da vida que levava, dos colegas que tinha, medo do futuro e da solidão.

__É o seguinte – completou em tom grave. – Eu tenho uma vaga pra você de Analista de

Logística. Se quiser, pode começar semana que vem. Deu trabalho, foi duro, o pessoal do RH já tinha alguém com mais experiência em vista.

__Eu não quero – respondi em tom ríspido.

__Não quer? – espantou-se meu irmão Lauro.

__Não – reiterei sem saber ao certo por que raios estava fazendo uma cagada daquelas.

__Por que não? – insistiu.

__Meu lugar é aqui. Entre malucos, traficantes, ex detentos, ganhando mil reais por mês. Eu já estou de saco cheio de fingir que sou comprometido, de ter que colocar a merda da camisa pra dentro, de ter que puxar saco de puxa saco, de ter que acordar cedo sem saber se vou terminar o dia empregado, de ficar ouvindo estrangeirismo da boca de imbecil que frequenta cursinho de inglês pela internet, de sentir cheiro de perfume barato de mulher fútil que acha que tem o rei na barriga. Eu estou se saco cheio dessa merda toda.

O celular do meu irmão tocou. Havia caído uma carga de cerveja na curva do barracão da logística. Um caminhoneiro havia feito alguma merda.

__Depois a gente conversa – saiu cuspindo maribondo. Cinco minutos depois, o Bocudo veio em minha direção, avisando que era para Roger e Eu pegarmos luva e óculos. Havia uma carga de cerveja caída e que era para nós ajudarmos na limpeza.

Havia dezenas de caixas amarelas de vasilhame e centenas de garrafas no chão. Um cheiro sutil de álcool pairava no ar, misturado ao cheiro forte da cerveja. Pude sentir a alegria de Cachorro com aquela quantidade de garrafas espalhadas, dezenas estavam intocadas, não havia ninguém ali para bisbilhotar. Cachorro começou a recolher as garrafas, enquanto eu apenas o observava.

__O que foi Cachorro, não vai dar um corte? – perguntou.

__Lógico - respondi. Quando levei a garrafa à boca, eis que Roger levantou a sobrancelha em susto, deixando cair a garrafa no chão. Quando olhei para trás, ainda com a garrafa na boca, espantei-me com o moreno alto, de óculos, com cara de nerd olhando para mim. Era o Diogo, nosso supervisor, que praticamente nunca estava ali naquele horário, por trabalhar no horário comercial. Junto dele estava Jair, o bocudo, com suas luvas e seus óculos de segurança e um semblante de desânimo.

__Luciano, você pode me acompanhar? Larga essa garrafa aí, se alguém ver você bebendo por dar "B.O". O Jair fica no seu lugar por enquanto. Ele andou pouco mais de cem metros e me esperou.

__Seu irmão falou que você não quis uma vaga de Analista na KB, é verdade?

__É verdade – respondi sem entender direito se estava me sentindo arrependido ou carente.

__Cara, eu tô precisando de ajuda na Operação. O líder da manhã meteu pipoco num cara do bairro dele e foi preso. Eu não confio em ninguém para tocar aquele lugar para mim. Será que você não poderia me ajudar dando uma força lá em cima? Vai lá, faz um teste, vê se você gosta. Se você não gostar, não tem problema. É só você me avisar, eu trago você de volta para o AS, você não perde nada. Mas se você gostar, quiser ficar, eu vejo se consigo um aumentinho pra você já no mês que vem

Eu conhecia aquele filme: era rolo na certa. O Barracão ao qual Diogo se referia ficava ao lado da cervejaria, era onde se fazia a triagem dos pallets. O problema é que do lado de fora do barracão, era a Amarração.

A Amarração era o ponto mais crítico da VS. Era onde trabalhavam os funcionários mais malucos, mais perigosos, sem nada a perder. Eles eram famosos por vários delitos dentro da empresa, desde bebedeiras épicas até consumo de drogas, brigas e uma lista extensa de outros problemas que envolviam inclusive alguns motoristas.

__Esse cara que meteu bala no outro não é das seis as duas?

__É. Algum problema?

__Não, nenhum. Quando eu começo?

Foi o próprio Diogo que me esperou no escritório da VS na segunda de manhã. Ele costumava entrar as sete, mas fez questão de me acompanhar desde o primeiro horário para fazer um DDS com a equipe do primeiro turno. Eu não os conhecia, só os via na troca de turno passando correndo e suados após uma jornada exaustiva, loucos para irem embora logo. Diogo jogou um rádio na minha mão, e colocou um outro em sua cintura. Fechou a sala e fez a reunião, dizendo meu nome, o porquê de eu estar ali, falou da minha experiência, e o blá, blá, blá de sempre quando se tem alguém novo no pedaço. Quando a reunião terminou, subimos a ladeira que levava do AS, passando pelo descarte, até o Barracão, conhecido tecnicamente como Torre Dois.

__Aqui é simples: o caminhão sai da linha carregado, para na doca a quarenta e cinco graus. Uma dupla de amarradores amarra o caminhão, anota a placa e o tempo, e já era. O caminhão tem que sair daqui o mais rápido possível. E a amarração tem que ser bem feita.

__Uhum - resmunguei enquanto ele me levava para dentro do barracão.

__Aqui dentro é simples: o empilhadeirista abaixa os pallets para uma dupla fazer a triagem, separar os "PBR", os "PBR2" e os "padrão". Quebrado o caminhão leva para o conserto fora da empresa. Ali é a triagem de divisórias, também não tem segredo, fica um cara fazendo. Do outro lado do barracão fica o desenlonamento, que também tem uma dupla fixa. Vamos lá que eu vou te mostrar.

E fomos até o outro lado do barracão. Lá, uma dupla já se preparava para subir num caminhão que havia chegado com garrafas vazias.

__Esse que é líder novo? – gritou um neguinho magricela, careca, de rosto bifurcado, olhar arregalado, com uma voz bastante potente e um sorriso zombeteiro.

__Luciano é o nome dele – respondeu o Diogo.

__Não é esse que é tal Cachorro? – perguntou o outro, que já estava sobre o caminhão, preparando-se para desenloná-lo.

__É esse mesmo, Gargamel – respondeu o próprio neguinho.

__ Eu quero ver ele aguentar dois meses – completou soltando uma gargalhada pausada, mais parecendo uma entidade de religião matiz africana.

__Qualquer coisa eu te chamo no rádio – disse o Diogo.

E desceu correndo para o AS novamente, me deixando meio perdido. Eu conhecia pouco aquele espaço, ia ali apenas aos sábados quando não tinha carga para montar no AS. Fiquei por ali mesmo observando o trabalho dos dois. A operação em si era simples: O neguinho desamarrava a corda em baixo, que prendia de maneira coordenada o caminhão na parte traseira e na parte frontal da carreta. Enquanto isso, "Gargamel", um mulato sem dois ou três dentes na boca, de meia altura, aparecendo ter trinta e cinco anos, retirava as cantoneiras presas por essa corda e mais uma cinta por pallet presa por uma catraca cada uma. Feito isso, eles jogavam a lona no chão, dobravam e esperavam a primeira empilhadeira que passasse para jogá-la de volta sobre a carga, além de enrolarem devidamente a corda e as cintas. Abrir as guardas era opcional, dependia do motorista. Alguns preferiam abrir diretamente no local de descarrego, alguns preferiam abri-las ali mesmo. Quando todo o serviço estava feito, eles anotavam a placa do caminhão e entregavam um formulário para que o motorista desse o visto.

__Sai um café hoje, motô? – perguntou o neguinho enquanto pegava o visto do motorista, que sacou dez reais e entregou na mão dele.

__Deus abençoe, motô – disse Gargamel, enquanto acendia um cigarro.

__Bora pra lá, cachorro? – disse o neguinho, referindo-se ao outro lado do barracão, onde se amarravam os caminhões.

Percorri o caminho de volta em silêncio, enquanto ouvia o papo dos dois.

O barracão dos pallets, A Torre 2, era cercado por "books", pallets com garrafas vazias que eram enviadas para a linha de produção para o envaze. Dentro do barracão, pallets e mais pallets eram organizados por um grupo de colaboradores que responderiam para mim.

__Peixão, esse... lona desliza, sacou logo dos dez contos, corda boa... – dizia Gargamel.

__Hoje a gente vai estourar – concordou o neguinho.

___Se tiver caminhão – concordou Gargamel.

___Por que o motorista deu dez contos pra vocês? – perguntei me fazendo de ingênuo, para puxar assunto. Na realidade, a questão da caixinha era bastante conhecida ali na KB. Os motoristas não podiam entrar com ajudantes dentro da fábrica para amarrar suas cargas. Esse trabalho cabia ao pessoal da VS, que recebia um salário para isso. Alguns motoristas simplesmente davam a caixinha por algum motivo que eu não sabia direito, já que o custo da amarração era responsabilidade da KB.

___Porque ele é "peixe" – respondeu Gargamel soltando uma baforada de cigarro na minha cara.

Não entendi a relação de peixe com dinheiro, a não ser que fosse uma nota de cem reais. Mesmo assim, fiquei entusiasmado em saber que os amarradores gostavam do que faziam, e que recebiam uma "caixinha" por isso. Seria mais fácil para mim coordenar aquilo, já que parecia que motivação não faltaria. Quando chegamos de volta na Amarração, havia outros quatro colaboradores sentados sobre um pallet quebrado, fumando e bebendo um energético. Gargamel e

Neguinho pegaram nas mãos dos caras, e eu fiz o mesmo.

__Você que é o Cachorro? – perguntou um loiro magricela.

__Sim. E você?

__Eu sou o Rato – Esse é o Paulo. Aquele é o Maromba e o outro magrela é o Costela – concluiu me apresentando os caras.

Nem bem deu tempo de conversarmos e já chegou um caminhão na doca para desamarrar. Na Amarração, havia uma doca separada apenas para desamarrar caminhões que vinham da rua, de distribuidoras, com caixaria; caixas cheias de garrafas vazias. Esses caminhões não vinham lonados, bastava apenas retirar as cintas com as catracas e as cantoneiras.

__É você, Gargamel – disse o Rato.

__Eu acabei de "deslonar" um com o André. Não foi, Neguinho? – perguntou ao seu parceiro em tom de desafio.

__Foi. O líder viu. Foi ou não foi, líder? – perguntou o neguinho com o dedo em riste.

__Sim.

__Porra, isso é sacanagem, Gargamel. Você é muito "Zóião" – reclamou o Rato. – Aposto que era peixe! – concluiu.

__Que nada, o cara era "bucha". Não deu um centavo – mentiu Gargamel.

__O cara era "bucha", cachorro? – perguntou-me Rato.

__Eu não sei o que é bucha... Rato resmungou um pouco, mas logo pois o cinto salva-vidas, acoplou ao trava-quedas e subiu no caminhão para retirar as cantoneiras, enquanto seu parceiro, Paulo, ficava embaixo soltando as catracas. Eu não havia calculado o tempo do desenlonamento, mas notei que levou cerca de dez minutos a desamarração. Em média, um desenlonamento deveria durar meia hora, no máximo, dependendo da quantidade de lonas para dobrar que chegavam na carga.

Logo começou a entrar um caminhão atrás do outro para desamarrar, caminhões vazios que entravam direto para carregar, caminhões para desenlonar, tudo ao mesmo tempo. Entendi que meu trabalho deveria ficar andando de lá para cá para garantir que todos os caminhões fossem atendidos devidamente. O primeiro caminhão que chegou para amarrar foi "na vez" do Maromba e do Costela. Era uma carreta Branca, e logo os caras falaram que era "peixão" de vinte reais. Maromba e Costela terminaram a carreta em cinquenta minutos. No final da Amarração, beliscaram os "vintão" do motorista. O Próximo caminhão que chegasse, fosse onde fosse, seria na vez do Gargamel e do Neguinho. Paulo e Rato ficaram torcendo para que viesse um para desamarrar, retirar cantoneiras, que segundo eles era mais difícil do motorista "cantar", outro eufemismo usado para se referir a famigerada "caixinha". Foi dito e feito. Chegou um para retirar a cantoneira, e a dupla praguejou por "perder a vez". Quanto terminaram o serviço, abriram um sorriso largo.

__Sangrei o motô – disse Gargamel. __Quando saiu? – perguntou Rato.

__Dez contos – respondeu Neguinho, para desespero do Rato.

__Vocês vão pegar o Jaú, se foderam – disse Gargamel.

__Não vai ser o Jaú, vai entrar uma cantoneira, se Deus quiser – rezou Paulo.

__O que tem o Jaú ? – perguntei sem entender.

__Bucha! – respondeu Rato secamente. E não parava de vir caminhões. Quando olhei no celular, já eram oito e meia. Foi a primeira vez que Diogo me chamou no rádio, para perguntar se havia muitos caminhões. Respondi que não havia nenhum para amarrar no momento, mas que havia entrado vários vazios para carregar, além de alguns para desamarrar.

__Você vai conseguir liberar uma dupla para almoçar às 9:00?

__Acho que sim – respondi meio sem saber. Nem bem terminei de falar com ele e chegou uma carreta branca enorme com a placa de Jaú-SP, carregada de cerveja. Notei que os caras foram se afastando, disfarçando. A carreta encostou na doca, desceu um motorista magro, mulato, com cerca de quarenta anos perguntando quem ia amarrá-lo. Olhei para o lado, todos haviam sumido. Na pressa do motorista, eu mesmo tive que me virar para amarrar o caminhão, com ele dando as dicas de como seria feito.

O Jaú era famoso por ser "bucha". Ele nunca dava caixinha pra nenhum amarrador. Com o passar do tempo, eu fui conhecendo cada motorista, quanto cada um dava de caixinha, quem era peixe, quem era bucha. Ao ajudar os amarradores na parte de baixo, apertando as cintas nas catracas, dando o nó "carioca" para fazer o "x" e apertar bem a carga, peguei prática em amarrar caminhão, ao menos na parte de baixo. De certa forma amarrar caminhão me ajudava de várias formas: na falta de algum colaborador – o que era muito comum – eu podia atuar como parceiro, desde que o meu parceiro do momento subisse em todos os caminhões; o comum era que houvesse revezamento. Mas o que de fato chamava minha atenção na amarração, era a possibilidade de aumentar estrategicamente a renda: num bom dia de amarração, era possível, entre amarração, desenlonamento e desamarração de caixarias, fazer até cem reais. Mesmo nos dias ruins era possível conseguir um bom dinheiro. Quando estava fraca a amarração, cada dupla saia dali com pelo menos 30 reais no bolso. Isso todos os dias da semana, no final do mês dava uma boa turbinada na merreca do salário que recebíamos. Havia ainda a disputa interna entre as duplas, quem amarrava mais caminhões, quem fazia mais dinheiro, quem era mais rápido. Esse tipo de competição acabou me renovando, além da amizade instantânea que fiz com a rapaziada. Eu amarrava todas as buchas no começo, e com o tempo fui pegando alguns peixes. Foi lucro para todo mundo. Nem o absenteísmo me preocupava ali, porque para mim era lucro. A única coisa que eu tinha que administrar era o conflito entre duplas que queriam furar o olho uma da outra, pular a vez, deixar de amarrar bucha e amarrar peixe na vez do outro.

Em 2017 boatos de que a KB seria comprada por uma gigante Holandesa do setor fez com que o chão de fábrica estremecesse. E uma coisa que eu aprendi em toda a minha experiência no chão de fábrica foi que quando surge um boato desse, normalmente ele se confirma após alguns meses. E foi o que aconteceu. Em meados de 2017, toda a imprensa especializada noticiou a transação milionária entre e KB e a Heisenbier. Os

Holandeses seriam nossos próximos patrões, para a felicidade dos maconheiros que imaginaram que poderia fumar maconha na fábrica agora, já que a na Holanda era permitido.

Eu, evidentemente sabia que era bucha. Uma empresa desse porte não compra outra menor impunemente. Vinha mudança por aí, e mudança da brava. E se tem uma coisa que peão odeia no chão de fábrica é mudança. Ainda que seja pra melhor. E foi dito e feito: no primeiro rolê dos holandeses doidões pela fábrica, eles quase tiveram um enfarte. Ou estavam "brisados" demais na erva para acreditar na tamanha várzea que viam. No primeiro mês, impuseram vários EPI`s, que ali a maioria cagava e andava: óculos, capacete, protetor auricular, luva, cinto de segurança para operações acima de um metro e vinte, trava quedas e colete refletivo. E tudo isso sairia do bolso da VS. A resistência foi assombrosa. Já na primeira semana após a imposição, qualquer um que fosse pego sem um desses itens nas áreas de uso obrigatório seria retirado para fora da empresa e advertido. De um mês para o outro, a KB passava da série A para a série B das fábricas, e os terceirizados começaram a sentir a coisa apertar. Começou a chover reclamação em todos os processos por causa da dificuldade do cinto que apertava, dos óculos que embaçavam, do protetor auricular que caia. Para ferrar mais ainda com tudo, muitos esqueciam os EPI´s de propósito, ou diziam que perdiam, só pra pegar um novo, ou serem remanejados para um posto mais tranquilo, ou simplesmente ficar sentado o dia inteiro sem fazer nada, nos dias em que a VS estava com esses EPI´s em falta – o que acabou se tornando rotina. A segurança se tornou item número um. Em pouco tempo, mais dois técnicos de segurança foram contratados. O número de colaboradores sendo retirados para fora por falta de EPI´s só aumentava. As advertências consecutivas iam obrigando a VS a contratar mais colaboradores para dar conta da demanda de trabalho.

Quando a Heisenbier ficou sabendo que os caminhoneiros davam caixinha para os amarradores, a coisa se complicou: a prática fora proibida na hora, o que gerou uma revolta dos farrapos ali dentro. Amarradores ameaçaram cruzar os braços. Exigiam melhores condições, e cobravam de mim. Queriam que eu fosse o portador da palavra deles frente ao gigante que nos via como vermes. Num ato desesperado, reuni os amarradores. Havia divergência de opiniões, é claro, mas todos concordávamos que aquela melhoria contínua tinha de parar. Era a nossa caixinha que estava em risco, nosso café. Era o que nos salvava todo dia, o que nos permitia comprar analgésicos para amenizar nossa dor no corpo de amarrar dez caminhões por dia cada dupla e nos preparar para no dia seguinte amarrarmos mais dez.

Naquele mesmo dia, no segundo mês de Heisenbier, eu fui até o Diogo e disse que se não houvesse uma melhoria nas nossas condições, uma compensação pelas perdas da caixinha, na sexta-feira todos os amarradores dos três turnos cruzariam os braços. Assustado, ele ficou de me dar uma resposta até o final do dia. No final do dia, uma quarta-feira, ele não disse nada. Nem o vi pela empresa mais. No dia seguinte, ao chegar na portaria eletrônica, aproximei o meu crachá na catraca e o crachá não passou. Aparecia na tela da catraca a palavra "bloqueado", junto de um "x" em vermelho. Sem entender nada, entrei na Van e fui embora junto com o pessoal do terceiro turno que estava saindo. Cheguei em casa, fiz um café e liguei a TV para assistir o jornaleco que passava naquele horário. Duas horas depois, recebo uma ligação do RH da VS dizendo que eu estava sendo "desligado". Duas semanas depois a mesma coisa aconteceu com o crachá do meu irmão. Seis meses depois, a VS perdia o seu contrato com a Heisenbier. Uma nova empresa terceirizada assumiria a área de Logística. Uma nova etapa da minha vida de merda se iniciava.

O Zeitgeist

"Os homens são tão simples que quem quer enganar sempre encontra alguém que se deixa enganar"

Maquiavel

Entre os anos de 2017 e 2018 percebi que algo tosco estava acontecendo no Brasil: uma modinha de corte de cabelo barato, um degradê vagabundo que ia da nuca às têmporas, um caminho de rato na lateral da cabeça feito com a navalha, uma lambida de vaca na parte de cima, para o lado, pipocava na cabeça da juventude, junto de barbas cada vez mais proeminentes e desenhadas, recortadas, trançadas, pintadas e brilhantes: era o corte de cabelo preferido pelos soldados nazistas junto com a barbicha do tempo do império. Não podia dar certo. Imaginei que um novo Zeitgeist pudesse estar fazendo, literalmente, a cabeça – e a barba – da nova geração alienada, a geração "facezap", que sabe de tudo através das redes sociais, mas não entende de nada porque é incapaz de abrir um livro sequer. Um dejavu mórbido começou a engatinhar pela minha espinha dorsal, como alguém que está prestes a presenciar uma cena de terror, hipnotizado e paralisado frente ao suspense proposto pelo cineasta, toda vez que alguma mensagem apitava no celular, ou chegava através do facebook com o seguinte nome: Bolsonaro. Não sabia se era pelo radical "Bolso", que eu achava de mau gosto para um político, ou se era pela cara feia do capitão reformado, gritando bravatas contra minorias, pregando o armamento do povo, proferindo frases horripilantes até para um projeto de nazifascista.

O caso é que esse nome se tornou um mantra nas redes sociais. Para onde quer que se olhasse numa tela piscante, aparecia a cara feia, um meme violento, uma bravata suja atrelada ao famigerado 666, digo, 17, que o capitão anunciava como candidato a presidência da república. "Nunca será", imaginei. Não era possível, não era provável. Inacreditável. Alguém com esse discurso pré 1964, misturado com a sede de sangue do povo alemão da década de 30, jamais seria levado a sério na democracia consolidada que o Brasil porcamente se tornara. Respirei. Fiquei calmo, esperei as candidaturas serem confirmadas. Confirmadas as candidaturas, assisti às entrevistas, os debates, li o plano de governo de cada candidato – ou que quer que aquilo fosse – e cheguei à conclusão que o melhor quadro para o Brasil seria o Ciro Gomes. Não que ele fosse o melhor pra mim, não era o meu candidato ideal. Era sim, o mais preparado dentre os quais ali figuravam. Haddad era o poste do Lula, preso, aniquilado politicamente, incapaz de, num derradeiro ato de hombridade política, sair da vida para entrar para a história, e dar de vez um cavalo de pau nas eleições, para ao menos tentar eleger seu pupilo. Marina dava pena de ver. A impressão que ela transmitia a todos era que estava com a pressão baixa demais para parar em pé. Geraldo Alckmin, o picolé de chuchu, deveria ter apostado no marketing, distribuindo picolés gourmet de chuchu para o povo, na esperança de mimetizar. O restante era novidade, sem força política, cacarecos. Só caiu a ficha de que o Bolsonaro estava no segundo turno quando após pesquisar friamente, descobri que não se tratava de uma pegadinha comigo. Eu sinceramente achei que o país inteiro estava fazendo uma pegadinha comigo, e eu não via a hora de alguém me dizer que aquilo tudo era zoeira. Bolsonaro – ou Bozo, para os íntimos, – era uma piada. Uma piada de mau gosto, de uma atrocidade brutal. Ele encabeçava tudo de ruim: racista, misógino, homofóbico, autoritário, elogiava torturadores, aludia ao período de ditadura militar como o período de ouro da civilização brasileira, mesmo a ditadura tendo legado ao país uma inflação de 200% ao ano e uma dívida externa impagável. Só gente burra cairia num discurso mentiroso como o dele.

Entre os seus apoiadores, encontrava-se de tudo: evangélicos armamentistas, terraplanistas, monarquistas saudosistas, supremacistas pardos e toda uma gama de idiotas de todos os níveis.

Propagador da barbárie, Bozo incorporava todo o mal que se podia imaginar em suas ideias; seu discurso era tão perverso que parte das Igrejas evangélicas que vendem indulgências em horário nobre declararam seu apoio a ele abertamente. A facada que o sacana viera a tomar no bucho durante um ato de campanha o alavancou ainda mais, deu-lhe respaldo para ficar longe dos debates, e conferindo-lhe o direito de manter-se na sombra das ideias, com o antipetismo numa das mãos e um fuzil na outra. Dou outro lado tinha o PT. O PT, meu Deus. O PT. Era para rir. Ou para chorar? Eu ainda não tinha parado para pensar no que havia me tornado politicamente, mas tinha certeza que não havia me tornado um Petista. Ou petralha, se preferir. Muito menos um nazi-fascistóide barato, com pinceladas tupiniquins. Eu desejava, sinceramente, que qualquer um que digitasse 17 ou 13 na urna fosse enviado automaticamente para Marte, simbolicamente o planeta da treta. Eu lia os jornais e não acreditava nas declarações do capitão Bozo. Via as pesquisas e não acreditava que quanto mais merda ele falava, mais ele crescia e ficava bem com as mulas que o apoiavam. Eu tive que analisar friamente, e cheguei à conclusão que um país como o Brasil, com sua elite tosca e piegas como era, evidentemente que preferiria o desgoverno. No desgoverno, quem manda no país? Quem tem dinheiro. Essa elite perversa, mais os ignorantes historicamente, os antipetistas e os que queriam ver o circo pegar fogo porque não enxergam outra solução para o país, acabariam por eleger um deputado de merda do baixo clero que há quase 30 anos mamava nas tetas do estado sem produzir nada que prestasse. Aliás, ele mesmo era produto de algo imprestável: o próprio PT e sua sangria sem fim dos cofres da república. Minha dúvida então era: E qual seria o produto do beligerante Bozo para daqui a quatro anos? Aludindo a Millôr, eu começava a enxergar a escuridão no final do túnel. E o Brasil, como naquela história do cara que está caindo de um prédio de dez andares, quando ao passar pelo oitavo, diz para si mesmo: "até aqui tudo bem".

O Brasil todo estava numa gangorra com o PT. Uma gangorra que pesou toda para um lado, e chegou próxima demais do abismo de merda, tão próxima que quando começou a sentir o cheiro, correu todo mundo para o outro lado, de uma vez só. Eu já tinha sido dilacerado politicamente. Agora, parecia que meus pedaços espalhados pelo chão doíam todos de uma vez, e eu podia sentir cada pontada em cada um deles. O Brasil estava doente. E eu não podia fazer nada com meu grito engasgado, sentindo-me minoria absoluta. Sentindo-me derrotado, aniquilado, impotente. Eu era um cuspinho no estrume de uma vaca num conto do Guimarães Rosa que li quando era adolescente. Eu, com todos os meus conflitos internos, estava em guerra comigo mesmo, assim como o país dividido em que vivia. Eu era um microcosmo do que era a nação. Dentro do meu peito, eu encerrava fortemente o desejo de ruptura e aglutinação que o país todo vivia.

No auge da minha agonia, decidi fugir. Sumir, cair fora, queimar o chão, ralar o peito. Dia 28/10/2018, domingo de eleição, coloquei o pé na estrada. Tomei a estrada que não me levava para lugar algum. Desempregado, duro, devendo até a alma, coloquei uma muda de roupa numa mochila de costas, de bermuda, camiseta e tênis, meti o pé na estrada, sem rumo, sem direção, para onde o nariz apontava. Andei um dia, dois, sei lá. Estava morto, cansado, não sabia ao certo onde. Só estava lá de corpo, embaixo de um viaduto qualquer, numa estrada qualquer, ouvindo o ruído intermitente e frenético de carros e suas buzinas, o cheiro de gás emitido, de urina de seres que estiveram por ali antes de mim, entre bitucas de cigarro, papelões sujos, garrafas pet vazias, uma vegetação qualquer que insistia em tanger o pedaço de concreto pichado, suja pelo barro do acostamento e da fumaça dos carros.

Larguei minha mochila ali mesmo, subi até a passarela de mão dupla, que também servia de retorno, seja lá para onde fosse. Subi no parapeito e esperei pelo caminhão certo. Poderia ser um carro grande, também. A queda em si talvez não me matasse, mas um caminhão por volta de oitenta quilômetros por hora, certamente me reduziria à estatística. De repente, meu celular tocou. Eu ainda tinha dois palitos de bateria. A voz do outro lado era de uma mulher:

__É o Luciano?

__Sim... quem fala?

__Sou a Clara da agência de emprego fdhufrihfi – não entendi o que ela disse por causa de um caminhão que passou na hora. 'Era o meu caminhão', pensei.

__Você estaria disponível para uma entrevista amanhã às catorze horas aqui na agência?